青季ふゆ
Illust. 有
JN120430
2
ド田舎の迫害令嬢は
王都のエリート騎士に
溺愛される

「見ての通り、お弁当です！」
クロエ・アルデンヌ
家を飛び出し、
王都で困っているところ
ロイドに拾われ
家政婦として雇われ中。

「……いつも思うのだが、
魔法のような事をするな」
ロイド
“漆黒の死神”と恐れられる
王都第一騎士団の
エースだが、最近はクロエの
おかげもあり感情豊かに……？

「優しいんですね、クロエさんって」
イアン
商業地区にある
本屋を営む青年。

「平民の立場でありながらその美貌、今なら僕の愛人たちの一員に加えてやっても良い」
ルーク・ギムル
騎士学園を首席で卒業したギムル侯爵家の令息。

「君は、頭を撫でられるのが好きだな」

「そうですね……好き、だと思います」

「誰かに甘える機会なんて、これまでなかったので」

「ロ、ロイドさん？」

「甘えたくなったら、いつでも甘えるといい」

「俺の手くらい借りたくなったら
いつでも言ってくれ」
「はい……ありがとうございます」

CONTENTS

doinaka no hakugai reijo ha
oto no elite kishi ni dekiai sareru

ド田舎の迫害令嬢は王都のエリート騎士に溺愛される

doinaka no hakugai reijo ha
oto no elite kishi ni dekiai sareru

2

青季ふゆ
Illust. 有谷 実

Presented by
Fuyu Aoki
& Minori Aritani

✦プロローグ

ローズ王国の首都、リベルタ。

王城に近い北区にあるとある一軒家。

そこに住む家政婦、クロエ・アルデンヌの朝は早い。

「んんー……」

早朝、いつもの時間に起きて伸びをしてから、クロエはベッドを降りた。

お人形さんのように整った顔立ちは、くりんと丸い目とすっきりとした鼻立ちが特徴的だ。

ベージュの髪は艶やかで肩の少し下まで伸びている。

体つきはほっそりしているもののメリハリがあり、健康そうな白い肌。この外見を見て、元は孤児と見紛《みまが》うほどボロボロだったとは想像出来る者はまずいないだろう。

自室の窓を開けて、身体《からだ》いっぱいに太陽の光とひんやりと冷たい空気を浴びてからクロエの一日は始まった。

「よし、今日も頑張りますか！」

気合いを入れるように言ってから、パジャマから普段着に着替える。

ベッドメイキングを済ませて、とたとたと下に下りた。

洗面所で顔を洗い、ブラシで寝癖を整えたら朝食の準備である。

「えーと、今日のメニューは……」

昨晩、あらかじめ仕込んでおいた食材をいくつか取り出す。

手のひらサイズのパンにサラダ用の野菜、大ぶりのウインナー、それと……。

「今日は……シンプルに目玉焼きにしましょうか」

ここ最近、卵料理にハマっている様子の主《あるじ》の顔を思い浮かべたら、自然と笑みが溢《あふ》れてきた。

フライパンに卵を投入する。じゅわじゅわと音を立てて、じきに卵はかたくなっていった。

「これでよし、と」

目玉焼きを作っている間に、トマトを一口サイズに切り分けていく。

抵抗なく切られていく、赤々としたトマトたち。

母親にナイフを向けられたトラウマで、しばらく持つことすらできなかった包丁を使えるようになってしばらく経《た》つ。

自分一人の力で食材を切れる感覚に、クロエはたとえようのない充実感を覚えた。

こうして、手際よく朝食が作られていく。

「これでよし」

最後の仕上げも完了し、テーブルの上でほかほかと湯気のたつ美味《おい》しそうな料理たちを前にクロエは胸を張る。するとその時、クロエよりも重い足音がリビングに近づいてきた。

（時間通り……さすがですね）

騎士という職業柄か、毎日決まった時間に起きてくる習慣はさすがとしか言いようがない。

まるで主人を見つけた子犬のように、クロエはぱたぱたと駆けた。

がちゃり、とドアが開いた途端。

「おはようございます、ロイドさん！」

足音の主が口を開く前に、クロエは元気よく挨拶を口にした。

家の主――ロイドは、クロエを見るなり微《かす》かに目を見開く。

「おはよう」

短く告げるロイドの姿を、クロエはまじまじと見つめてしまう。

（毎日見ているのに、まだ慣れませんね……）

クロエよりも頭ふたつ分ほど高い背丈。

日頃のトレーニングの賜物か、身体はしっかりと引き締まっている。

恐ろしいほど整った顔立ち、形の良い鼻筋に、横一文字に結ばれたくちびる。

寝巻き姿だがどこにも隙のない、凛《りん》として落ち着いた佇《たたず》まい。

闇よりも深い漆黒の髪は、出会った時と比べると少し長くなったように見えた。

街を歩けば何人もの女性が振り返ってしまうほどの美丈夫、それがロイドという男だ。

そんな彼を毎日のように目にする生活に、クロエは未《いま》だに慣れていない。

クロエが見惚《みほ》れている間に、ロイドは机に視線を移す。

「今日も美味しそうだ」

表情を変えないままそう言って、ロイドは自分の席へ向かう。相変わらず無愛想で素っ気ない振る舞いだが、それがロイドの素であることをクロエはわかっている。

自分の作った朝食をロイドが楽しみにしていることは、机に向かう足の歩幅が広い点を見れば明らかだった。ロイドとは対照的に、クロエはニコニコを浮かべたまま席に着く。

「目玉焼き、普段より少しかためにしてみたんです。また違った食感が味わえると思いますよ」

「それは楽しみだ」

他愛のないやりとりもそこそこに、二人は本日一度目の「いただきます」を口にするのであった。

✦第一章　平穏な日々

ローズ王国の辺境の領地シャダフ出身のクロエが、遠く離れた王都にあるロイドの家で家政婦をしているのには複雑な経緯がある。

アルデンヌ辺境伯《へんきょうはく》の次女として生まれたクロエは、生まれつき背中に大きな痣《あざ》があった。

それに加えて、生まれた年の前後で飢饉《ききん》や身内の不幸に相次いで見舞われたため、母イザベラをはじめとした家族たちはクロエを『呪われた子』として扱い虐げた。

罵詈雑言《ばりぞうごん》を浴びせられ、暴力を振るわれる毎日。

ボロ雑巾のごとく扱われる日々に耐えきれなくなったクロエは、母親に殺されそうになったのをきっかけに家を飛び出し王都に逃れる。

王都にやってきたその日に、第一騎士団所属の心優しき騎士ロイドと出会ったクロエは、彼の家で家政婦として働く事になった。

それから約二ヵ月、いろいろなことがあった。

二人で一緒に夕食を囲むようになったり、毎日おはようおかえりなさいを言い合うようになったり、日頃のお礼だとロイドがイヤリングをプレゼントしてくれたり、公園でたくさんのガラの悪い人たちに囲まれたところをロイドに助けてもらったり、ロイドと下の名前で呼び合うようになったり……。

露店のおばさんをはじめとした商業地区の人たちやロイドの上司のフレディとその家族とも仲良くなった。

実家にいた頃とは比べ物にならないほど、平和で充実した日々を送っていた。

「そういえばなのですが」

朝食後、お皿を洗っている最中。

「ロイドさんって、お昼ご飯はどうしているのですか？」

身支度をしているロイドに、クロエは疑問を投げかけた。

朝食と夕食はクロエが作っているが、昼食には関知していない。

「食べないことがほとんどだな。たまに携帯食を齧《かじ》っているが……」

「ええ、倒れてしまいません？」

携帯食といえば、パサパサで味気のない、栄養を摂ることだけに特化した食品だ。

何か手を加えて食べるのならまだしも、そのまま食べるには味気ない。

「空腹はピークを過ぎればどうってことない。訓練場から少し離れた所に騎士専用の食堂もあるのだが、いちいち行くのも億劫《おっくう》だからな」

「なるほど、そうなのですね……」

ロイドが毎晩行っている素振りを、クロエは何度か見たことがある。

いくら慣れているとはいえ、一日中あのような活動をしていて、昼食を摂っていないなど、クロエには考えられなかった。

誰かが何かしないと、ロイドのお昼の胃袋は空っぽのままだろう。

「ちょっと待っててくださいね」

お皿洗いを一度中断し、クロエはどこからか木箱を持ってきた。

それから台所で、せっせと何かを作り始める。

木箱は両手からはみ出るくらいのサイズで、まだ新品の輝きを放っていた。

ものの五分ほどで作業を完了したらしく、クロエは木箱を大きめの布に包んでロイドに差し出した。

「どうぞ！」

「……これは？」

ずしりとした重みを感じながらロイドが首を傾げる。

「見ての通り、お弁当です！　薄々、ロイドさんはお昼に何も食べてないんじゃないかと思って、昨日、お弁当箱を買ってきたんです」

「なるほど」

感心したようにロイドが頷《うなず》く。

「たいした予測能力だ。訓練すればきっと、相手の斬撃を避《よ》ける天才になれるぞ」

「それとこれとは全く違う話のような気がしますが……」

苦笑で返すクロエ。

ロイドのお馴染《なじ》みの、ちょっぴりズレた発言は今日も健在であった。

「……といっても、入っているのは昨日の夕食のあまりとかなので、大したことないですが……」

「夕食のあまりというと……ローストポークか」

「そうです！　昨日は豚の塊肉が安くてつい作り過ぎてしまいましたからね。あとはパンとか、付け合わせのサラダとかも入っています」

「それは大したことあるぞ。ローストポークは俺が今まで食べてきた夕食の中でもかなり上位に入る旨さだと感じた」

「お気に召していただけたようで何よりです。シエルさんのお店で扱っているお肉はどれも質がいいので、とても助けられています」

「旨いのは材料の質だけが要因ではないだろう。下処理や調理法、味付けといった、クロエの非常に高い技術の賜物だ」

「ありがとうございます。そう言われると、照れちゃいますね……」

えへへと、クロエがあどけなくはにかむ。

その笑顔に、ロイドの心臓がどくんと跳ねて頬がほんのりと熱を帯びた。

咄嗟《とっさ》に、ロイドは目を逸らした。

クロエを前にしていると、時々胸がざわっと揺らいで直視できなくなる。

なぜそんな現象が起きるのか、当のロイドは見当もついていなかった。

「……いつも思うのだが、魔法のような事をするな」

「ずっと今までやってきたので、得意なだけですよ。私から見ると、剣を振るっているロイドさんのほうが、よっぽど魔法を使っているように見えます」

「使っていないぞ。昔から何度も同じ動きを繰り返して、身体に染み込んでいるだけだ」

昔、という単語を耳にして、今度はクロエの胸がちくりと痛んだ。

あの日、フレディ家での夕食の帰り道。

クロエがよく立ち寄る公園で、ロイドは自分の過去を明かしてくれた。

幼い頃に両親が事故で亡くなって、いつの間にか遠い南の地のジャングルのとある施設に連れていかれて、革命のための兵士として育てられて、地獄のような日々を過ごして……。

聞いているこちらが泣きたくなるような過去を、ロイドは持っている。

ロイド自身もう過ぎたことだと言っていたが、彼が経験した悲惨な過去が絡んだことを口にするたびに胸が裂けそうな気持ちになった。

だがそれを口にしたところで、空気が重たくなるだけだ。

「……それと同じですよ。私も、身体に染み込んでいるだけです」

動揺を悟られないようにしてクロエが言うと、ロイドはピクリと眉を動かした。

何かを察したような表情だったが、特に深く突っ込むことはなく。

「なるほど、理解した」

そう言って、ショルダーバッグに弁当を入れた。

「何はともあれ、感謝する。昼にありがたく食べさせてもらう」

「はい！　しっかり栄養を補給して、お仕事頑張ってくださいね」

そんなやりとりを経て、玄関へ移動する二人。

騎士御用達《ごようたし》のゴツいブーツを履いた後、ロイドはなんとなしにその名を口にする。

「クロエ」

「はい」

にゅむりと、クロエが口元を緩ませた。

「どうした？」

「い、いえ……まだ少し、名前を呼ばれるのに慣れてないなーと」

ロイド以外の人には呼ばれても平気なのに、なぜだろう。

答えは分かりきっているのだが、それをわざわざ言葉にはしない。

ただ大好きな人に名前で呼ばれる嬉《うれ》しさを噛《か》み締めるばかりであった。

そんなクロエの頭に、ぽん、とロイドが手を乗せて。

「では、いってくる」

「いってらっしゃいませ、ロイドさん！」

ドアが閉まるまで、クロエは手をふりふり振って見送った。

「さて、と……」

一人になったクロエは、拳をぎゅっと胸の前で握る。

「とりあえず、一仕事やりましょうか」

数ヵ月前まで、地を這《は》い血を流しながら奴隷のように働いていた者とは思えない、生き生きとした瞳でクロエは意気込むのであった。

◇◇◇

掃除や洗濯などのルーティンの家事と、布団を一通り終わらせた後。

「そろそろ、買い出しに行きましょう」

買い物リュックを背負って、クロエは家を出た。

温かみを帯びた気持ちの良い陽光が、クロエの身体を優しく包み込む。

「んんー、いい天気」

澄んだ青空に向かって、クロエはうーんと伸びをした。

今日の天気は雲ひとつない晴れ。

極寒の冬から徐々に暖かくなりつつあり、春の訪れを感じさせる。

実家のあるシャダフは、かなり北に位置している上に山に囲まれていたせいでなかなか冬が抜けなかった。この時期にこんなにも暖かいというのはクロエにとって新鮮な感覚であった。

とことこと歩いてやってきたのは商業地区。

今日も今日とてメインストリートは買い物客で賑《にぎ》わっている。

活気よく呼び込みをする店主たちの声を聞くと、歩いているだけで元気を貰《もら》えるようだった。

「えーと、切らしていたものは確か……」

お買い物メモを手に、何店かお店を訪れ消耗品を購入する。

その後は露店のエリアへ向かった。

「よう！　クロエちゃん、今日もいい天気だね！」

「こんにちは、アルノイドさん。本当に、気持ち良い青空ですねー」

「クロエちゃんやっほー！　今日も可愛いねー！」

「こんにちは、スノーさん。そんなそんな、とんでもないですよ……」

もはや顔馴染みになってしまったクロエは今日もこうして声をかけられる。

この二ヵ月、商業地区で買い物をしている中で仲良くなった人たちだ。

世代で言うとお四十代から五十代くらいの年齢の店主が多い露店エリアにおいて、十代の女の子であるクロエはよく目立つ。

そのうえ人当たりがよく腰も低いクロエは、界隈《かいわい》の人気者だった。

「やあクロエちゃん、いらっしゃい！」

「こんにちは、シエルさん」

たくさんある露店の中でもクロエお気に入りの店。

初めて商業エリアに来た際に夕食の食材を買った、シエルおばさんのお店にクロエはやってきた。

「シエルさん、今日は魚料理を作ろうと思っているんですけど、おすすめはありますか？」

「今日のおすすめは北の港町リーデルから仕入れた鱒《ます》だね。塩やバター醤油《しょうゆ》で焼いて食べるとふっくら柔らかくて美味しいさね！」

「鱒！　いいですね！」

そういえば今が旬の時期だと、クロエは思い至る。

「では、それを二匹ください」

「毎度あり！」

「ちなみに、付け合わせのおすすめはありますか？」

「付け合わせのおすすめは……」

そんなこんなしているうちに、夕食の調達を終える。

「毎度あり！　またおいでよ、クロエちゃん」

「いつもいつもありがとうございます！　では……」

シエルのお店での買い物を済ませて、再び露店街を歩く。

しばらくうろうろしていたら、どこからか甘くて香ばしい香りが漂ってきた。

クロエのお腹がきゅうっと鳴き声を上げる。

「そういえばそろそろお昼時ですね……」

まるで子犬が飼い主を探すかのように、きょろきょろとあたりを見渡すクロエ。

じきに、ひと抱えもある大きな肉の塊をじっくり焼いている露店が目に入った。

その塊から切り落とした肉と、キャベツやトマトを小麦粉を練って焼いた生地で巻き、片手で食べられる料理——確か、ケバブロールというものだ。

「今日のお昼ご飯は、あれにしますか……」

前から気になっていたが食べられていなかったことを思い出す。

ごくりと生唾を飲んで、クロエはるんるん気分でケバブ屋さんへ向かうのであった。

◇◇◇

クロエがケバブを頬張ってあまりの美味しさに度肝を抜かれている同時刻。

王城の第一騎士団の訓練場にて。昼休憩に入り多くの騎士たちが食堂へと足を向ける中、ロイドは独り大きな布に包まれた木箱を取り出した。

朝、クロエが持たせてくれたお手製弁当である。

一見すると、いつもの険しい表情で近寄り難いオーラを放っているロイドだが、内心は胸を弾ませていた。箱を開けると、そこには綺麗《きれい》に区分けされた食べ物が並んでいた。

クロエの言った通り、大きめの木箱にはローストポークやサラダ、一口大に切られたパン、そして目玉焼きまで入っている。

「……うまそうだ」

昨日の夕食と今朝《けさ》の余りではあるが、普段は昼食を食べないか携帯食を齧っている身としては豪華なご馳走《ちそう》に感じられた。

「いただきま……」

「ロロロ……ロイド!!」

まずはローストポークからと思っていた矢先、聞き覚えのある声がして振り向く。

「……副団長」

第一騎士団副団長のフレディは、口をあんぐり開けてロイドの弁当を凝視していた。

長めの金髪に青空を思わせるブルーの瞳。

いつもヘラヘラと軽い笑顔を浮かべているフレディだが、今は表情を驚愕《きょうがく》に染めている。

「お前それ……!!　愛妻弁当じゃねーか！」

ロイドの弁当を指差し、フレディは悲鳴にも似た声を上げた。

「家政婦弁当です」

ロイドが真面目な表情で突っ込むと、フレディはガクッとオーバーに肩を落とす。

「ロイドさんよ、たまには乗ってくれてもいいんじゃねーの？」

「乗り方がわからないもので、すみません」

「知ってる」

けらけらと、フレディはいつもの軽薄な笑いを漏らし、ロイドの弁当を覗《のぞ》き込んだ。

「おー、美味しそう！　クロエちゃんお手製？」

「他に俺に弁当を作ろうなんて人はいませんよ」

「だよな！　しっかし遂に弁当まで持たせてくれるようになったか……着実にロイドの胃袋を摑《つか》みにいってるな」

「語弊のある言い方はやめてください。クロエは、家政婦としての仕事をこなしてくれているだけです」

「ふーん、クロエ、ねえ」

「……なんですか」

ニコニコ、ではなくニマニマといった笑みを浮かべるフレディに訊《き》くも「別に〜」とはぐらかされた。

（なんなんだ……本当に）

自分と全く違うタイプのフレディが、何を考えているのか、さっぱり見当もつかない。

小さく息をついた後、ロイドは険しい表情のまま尋ねる。

「あの、そろそろ食べてもいいですか？」

「おお悪い、もちろん！　せっかくだから俺もここで食べていいか？」

「副団長の要望を断れるわけがないでしょう」

「真面目か！」

やれやれとため息をつきながら、フレディが隣に腰を下ろす。

フレディも、布に包まれた弁当を持っていた。

パンッとフレディが手を合わせる。

「いただきます！」

「……いただきます」

気を取り直して、ロイドはローストポークから口に運んだ。

（……うまい）

口に出したらフレディに弄られそうな気がしたので、ロイドは心の中だけで呟《つぶや》く。

作り立てではないためひんやりしているが、肉は柔らかく肉汁がじゅんわりと染み出す。

冷たくなってもちゃんと美味しいあたり、クロエの料理スキルの高さが窺《うかが》えた。

ポークと一緒に一口大のパンも頬張ると、肉と小麦粉の見事なマリアージュが実現する。

午前中に動き回って空っぽになった胃袋が歓喜の声を上げた。

三日三晩何を食べなくてもパフォーマンスを落とさない自信があるくらいには、ロイドの身体は丈夫だが、やはり美味しいものを食べると食べないとでは気分の高揚が違う。

午後の訓練はいつもより頑張れそうだと、ロイドはクロエに心の中で感謝の言葉を送った。

「しっかしクロエちゃんお手製の弁当だなんて！　羨ましいぞ！　ロイド！　こら！」

ロイドを肩で小突きながらフレディが言う。

「副団長はいつも、奥さんに作ってもらっているでしょう」

「うお、バレていたか」

「その手に持っている弁当はなんですか？」

「愛妻弁当！」

「そろそろ突っ込むのも面倒になってきました」

女性関係で常にトラブルを抱えていそうな端正な顔立ちをしているフレディ。

しかし、こう見えて一児の父であり愛妻家だ。

自分の奥さんと娘がいかに素晴らしいかよく力説してくるので、家族に対するフレディの愛の深さは想像に容易《たやす》い。

面倒見も良く、無愛想ゆえに団内で孤立気味な自分をよく気にかけてくれたため、ロイド自身フレディに対し感謝の気持ちを持っていた。

「……ご馳走様でした」

「最近どうよ？」

ロイドが食べ終わったタイミングで、フレディが尋ねてきた。

「どう、とは」

「クロエちゃんとに決まってるじゃんないか。何か、進展あった？」

「進展も何も、クロエはただの家政婦なのですが」

「ただの家政婦、ねえ……」

やはり何を考えているのかわからない笑みを浮かべるフレディ。

一方で、ロイドは訝《いぶか》しげに眉をひそめている。

「年頃の男女が二人、一つの屋根の下……何も起こらないわけない！」

「ご期待に添えず申し訳ございませんが、本当に何も……ああ、そういえば」

「お、なんだなんだ⁉」

「下の名前で呼び合うようになりました」

再びガクッと肩を落とすフレディ。

「子供の恋愛かよ！　恋人なら男としてこう……もっと、あるだろ⁉」

「そもそも恋人関係ではなく、雇用関係です」

冷静にロイドが返すと、フレディは「ダメだこりゃ」と両掌を空に向け、やれやれのジェスチャーをした。

（……何も起こらないわけがない、か）

ふと、考える。

一般論で言えば、今の状況は確かに何かが起こっていても不思議ではない。

いくら雇用関係とはいえ、年頃の男女が二人きりで一つ屋根の下で暮らしているのだ。

それでも何も起こっていないのはひとえに、自分とクロエがお互いに一定の所で強く線を引いているからだろう。

（とはいえ……）

たまに、その線を超えそうになってしまうことがある。

無愛想でムスッとしていて、漆黒の死神と呼ばれ恐れられていた自分に対し、クロエは少しも怖がることなく笑顔で接してくれている。

そんな彼女と過ごす日々は心地よくて、穏やかで、一緒にいて苦にならないし、距離も少しずつ縮まっていっている。

その上、フレディの家で夕食会をした帰りの公園で、自分の過去を打ち明けてもなお全てを受け

入れてくれたクロエに、ロイドが好意的な感情を抱かないはずがなかった。

（だが、俺たちは恋人同士ではない……あくまでも主人と家政婦の関係だ）

幼少期、ジャングルの施設にて。上司と部下といった関係の重要さを強く身体に叩《たた》き込まれたロイドが、一時的な自分の感情に流されることはない。

だが一方で、クロエの言葉に、笑顔に、一挙一動に、感情が乱されているのも確かだった。

彼女と過ごしていると、不意に顔が熱くなる、鼓動が速くなる、胸が妙に切なくなる。

今はまだ頭を撫《な》でるくらいで止まっているが、この先どうなるのかロイド自身、全くと言っていいほどわからなかった。

そんなことを考えていた、その時。

「だーかーら！　俺はただ歩いてただけだ！　先にぶつかってきたのはそっちだ！」

「違う！　アンタだろう！　ただでさえ横幅がでけーんだから考えろ！」

「なっ……んだとてめえ！」

どこからか言い争うような声。

「なんだなんだ？」

「トラブルですか？」

フレディとロイドの表情が切り替わって、声のした方に顔を向ける。

食堂から訓練場をつなぐ通路。そこで言い争う、二人の男が見えた。

◇◇◇

食堂へ続く通路で言い争う二人。

「一体、なんの騒ぎだ」

騒ぎの元に駆けつけたフレディが言う。

念の為、ロイドも後ろに控えていた。

「ふ、副団長……」

一人はロイドの同僚で、名前はダズ。年齢は三十代前半で、重量級の体格を活かして攻撃力に全振りしているタイプだとロイドは記憶している。

「すみません、少しトラブルがありまして……」

フレディの顔を見るなり、ダズは慌てて頭を下げた。

一人の青年は見たことのない顔だった。

(……若いな)

ぱっと見、ロイドはそんな印象を抱いた。

十九の自分よりも下、学生だろうかと推測する。顔立ちは整っておりまだ少年ぽさを残しているが、どこか隙のない雰囲気を漂わせている。短く切り揃《そろ》えた白髪に、琥珀色《こはくいろ》の鋭い瞳。

身長はロイドより少し低いくらいで、服は騎士団のものではなく紺色のブレザーを着用していた。

「それで、何を揉《も》めているのだ?」

フレディが二人を見渡して言う。

真っ先に口を開いたのは青年の方だった。

「僕は悪くないよ。そこのデブがいきなりぶつかってきたんだ」

「なっ、デブッ……!!」

ダズが顔を赤くする。

「失敬な！　よそ見していたのはそっちの方だろう！」

「僕はちゃんと避けようとした！　君の横幅がデカすぎるのが悪いんだろう！」

「このっ……言わせておけば……」

ぶちんと、ダズのこめかみから鳴っちゃいけない音がした。

「失礼にもほどがあるぞ、貴様！」

「へえ、やるっての？」

ダズが青年に摑みかかろうとすると、青年がニヤリと好戦的な笑みを浮かべた。

（殺気……）

毛がぶわりと先立つような感覚を覚えたロイドが、反射的に剣に手を掛ける。

しかし直前で、青年に伸ばしたダズの手をフレディが摑んだ。

「やめないか、ダズ。大の大人がみっともない」

「はっ……しかし……」

「聞こえなかったのか？」

ぎろりと、フレディがダズを睨《にら》みつける。

「第一騎士団に所属する身としてふさわしい言動を心掛けろと、常々言っているだろう。感情に駆られ、子供相手に手を出そうとするのは騎士として適切な振る舞いか？」

子供、という単語にムッと眉を顰める青年。

フレディの言葉に、ダズはハッと我に帰った。

「も、申し訳ございません、副団長。少し、カッとなってしまいまして……」

萎れた様子で謝罪を口にするダズ。

そんな彼の肩を、フレディは軽い笑みを浮かべながらポンと叩いて。

「心配するな、ダズ。お前のその甲冑《かっちゅう》の下に眠っているのは脂肪ではなく筋肉だと、俺はちゃんと理解してる」

「副団長……」

感銘を受けたような目で、ダズはフレディを見た。

「……馬鹿馬鹿し」

小さく、しかし吐き捨てるように青年が言ったのを、ロイドは聞き逃さなかった。

ダズの怒りは収まったと、次は青年に目を向けるフレディ。

「それで、君は？　どこのどちら様かな？」

優しいが、僅かに棘《とげ》を帯びた声で尋ねると、青年は自信たっぷりの表情で自分の顔に親指を向けて言った。

「僕は名前はルーク・ギムル！　誉れある騎士学園を主席で卒業した、次世代のエースだ！」

「ルーク・ギムル……」

眉を顰めるフレディに、ロイドは尋ねる。

「ご存じで？」

「ああ……確か、今年の入団予定の名簿リストに載っていた気がする」

「入団予定……」

第一騎士団は、ローズ王国の中でも選《え》りすぐりの精鋭が配属される最強の戦闘集団で、厳正な審査の結果各団員が強さごとに順位付けされている。

その順位に則って、毎年下位の何人かが退団となり、明くる年新たに有力な剣士が補填される仕組みになっている。

こうして騎士団の弱体化を防ぎ、新陳代謝を促進している。

新たに入団する騎士は他の騎士団で何年か実績を積んでいるケースが多いが、例外枠も存在する。

王都に設立された騎士学園を主席で卒業、つまり最も良い成績を収めて卒業した者にも、第一騎士団への直入団が認められる。

話を聞く限り、青年改めルークはその枠に該当するようだ。

ちなみに、ローズ王国最強の剣士、剣聖ライウスから強い推薦を受けて入団に至ったロイドも例外枠の一人である。

「アンタがここの責任者？」

品定めするような目でルークが尋ねる。

「貴様、副団長に向かって何て口の利き……」

声を上げるダズを、フレディが手で制す。

「次席責任者、だね。第一騎士団の副団長を務めている」

「へえ、だったら強いんだ？」

「そこそこには。副団長という立場に恥じぬよう、日々の鍛錬は怠っていないよ」

挑発的な笑みを向けるルークだったが、フレディは全く意に返した様子なく、当たり障りのない返答をする。

「それで、ルーク君は何をしに来たんだ？　入団の日はまだ先だと思うんだけど」

フレディが尋ねると、ルークは愚問だと言わんばかりに鼻を鳴らした。

「見学だよ、見学！　今年から配属される場所がどんな所で、どんな強い奴がいるのか見定めに来たんだ。まあ、といっても……」

フレディ、ロイド、ダズを見渡して。

「見た感じ、僕を楽しませてくれるような猛者《もさ》はいさなそうだね。入団前から期待はずれって感じだよ」

見下すように、ルークは言った。ぐぬぬと苛立ちを露わにするダズ。

なんの感情も動いてなさそうなロイド。フレディは顎に手を当てて、「そっかそっか」と頷き。

「じゃあ、入団は取り消して良いかい？」

「は、はあ⁉　なんでそうなる！」

ルークが初めて動揺を含んだ声を上げた。

「まだ入団前とはいえ、実質的に上司になる団員への暴言やその舐《な》めた態度……勢いがあるのは良いことだけど、ここは礼儀を尊ぶ第一騎士団だ。君のような態度を取る者は、我が団にふさわしくない」

静かに、しかし確かな圧を伴った声でフレディが言うと、ルークは忌々しげな表情をする。

「……いいのか、そんなことして？　騎士学園主席の俺の入団を帳消しにしようものなら、親父《おやじ》が黙っちゃいないよ？」

「あれ？　あんなに威勢が良かったなのにパパ頼みか？　小物感半端ないぞ」

「てめ……‼」

激昂《げっこう》したルークがフレディに一歩踏み出した途端、ロイドが動いた。

「やめておけ、これ以上揉めごとを起こすな」

フレディの前に立ちはだかり、ロイドが言う。

「はあ？　誰だよ君は……」

ルークが言葉を切って、じっとロイドを注視する。

それから面白いと言わんばかりに、口角を持ち上げて言った。

「アンタ、他の奴らとは違うね？」

「俺か？」

「そう、アンタだ。何よりも、目が違う。相当な死線をくぐり抜けてきたのが、ビンビンに伝わってくる」

「ほう……」

ロイドが感心したように息を吐《つ》くと、ルークが何かに気づいたようにハッとする。

「そうか、アンタは……〝漆黒の死神〟？」

「ロイドだ。そのように呼ばれるのは本意ではない」

「へえ……」

お前が噂《うわさ》の、と言わんばかりにじっくりとロイドを見回すルーク。

「どちらにせよ、アンタがこの騎士団のエースってわけか。なら話は早い」

「話？」

まるで長年探してようやく見つけた好敵手を前にしたように、ルークがロイドを指差し言った。

「君を倒して、僕がエースになる！」

「なるほど」

ふ、とロイドが口元に小さく笑みを浮かべる。

「活きがいいのは良いことだ。だが、ここは第一騎士団の敷地内だ。揉めごとを起こすようなら、俺も相応の対応に打って出なければならない」

「へえ、僕とやるっての？」

チャキ……とルークが腰の剣に手をかけ――。

「コラコラそこ！　勝手におっぱじめようとするんじゃない！」

　ぱんっ、とフレディが手を叩きたしなめるように言う。

　ロイドは即座にフレディに向き直って頭を下げた。

「申し訳ございません、副団長。説得に失敗しました」

「いや、うん、大丈夫。人には得意不得意があるからね、ロイドが気にすることじゃないよ」

　苦笑を浮かべて言った後、再びフレディはルークに向かって言う。

「とにかく、今日はもう帰りなさい。そろそろ昼休みが終わって、午後の訓練が始まるんだ」

「ま、待てよ！　せめて一回だけ、戦わせてくれ！」

「君はまだうちに入団していないだろう、いわば一般人だ。一般人との私闘は、騎士団のルールによって固く禁じられている」

「……僕にそんな態度をとっていいのか？　後悔することになるぞ？」

「勝手にすれば良いさ。君のお父様が誰だろうと関係ない。ここの責任者は俺と団長だ」

　堂々と言い放つフレディに、ルークが言葉を詰まらせる。

　追い討ちとばかりにフレディは続ける。

「学園の中では大きな顔をできたかもしれないけど、ここは子供の遊び場じゃないんだ。自分の好き勝手やりたいんなら、お友達と仲良く騎士団クラブでも立ち上げてそこでよろしくやっていると良い」

　フレディが何を言われても屈しないことは一目瞭然だった。

しばし、両者睨み合っていたが。

「………ちっ」

心底面白くなさそうに舌打ちした後、ルークは背を向ける。

そして再びフレディたちの方を振り向き、吐き捨てるように言った。

「入団したら、真っ先に君たちをぶった斬ってやる。せいぜい、首を洗って待っておくんだな」

その言葉を最後に、ルークはその場を立ち去った。

「ふー。なんとか一難去った、って感じかな？」

息をつくフレディに、ダズがおずおずと口を開く。

「申し訳ございません、副団長。トラブルに巻き込んでしまって……」

「気にするな。ありゃ回避不可能な旋風のようなものだ。むしろ、ここまでよくぞ耐えてくれた。お前は気が立つと判断力が低下する点が課題だったが、なかなか改善されていると感心したよ」

「ふ、副団長……!!」

「ただし」

じーんと感動するダズの肩に、フレディがぽんと手を置きにっこり笑顔で言う。

「どんな理由であれ、騎士団の敷地内で騒ぎを起こしてお咎《とが》めなしというのは、副団長としてちょっと言えなくてな」

「へっ……副団長……？」

「腕立て1000回、今日中にな？」

「しょ、承知いたしましたーーー‼」

ダズは悲鳴を上げながら、訓練場の端で腕立てを開始した。

「お疲れ様です、副団長」

「ん、ロイドもお疲れ。なかなか強烈な新入りだったな」

「言うだけのことはありますよ。先ほど対峙《たいじ》している時も、全く隙を感じさせませんでした」

「腕は確かなんだろうけどねー、礼儀とマナーを学園に置いてきちゃったみたいだ」

やれやれと肩を竦《すく》めるフレディ。

「確か彼はとある侯爵貴族のご令息で、かなりの英才教育を施されたみたいでね。なまじ才能があったから、どんどん横柄になっていったんだろうね」

「甘やかされて育ったのは明白ですね」

「違いない。まあ、いくら高名な貴族とはいえ騎士学園の成績を改竄《かいざん》することはできないから、実力はあるのだろうが……」

ちらりと、フレディが悪戯《いたずら》っぽい笑みを浮かべて尋ねる。

「どう？　勝てる？」

間髪いれず、ロイドは答えた。

「彼の剣は、学校で良い成績を取るための剣です」

「愚問だったか」

苦笑を浮かべるフレディ。

「にしてもなんだか懐かしいな、お前が初めてウチに来た時を思い出したよ」

「あそこまで生意気じゃなかったですよ」

「でも尖《とが》ってはいただろう?」

「……俺には、剣しかなかったので」

どこか表情を曇らせて言うロイドの肩に、フレディがぽんと手を置いて。

「成長したよ、お前も」

「……どういう意味ですか?」

尋ねるも、フレディは相変わらず軽い笑顔を浮かべるばかりであった。

✦第二章　私のやりたいこと

「あ、ちょうちょ」

ロイドの家。庭先の縁側で午後のティータイムを堪能していたクロエが呟《つぶや》く。

ぱたぱたと羽根を揺らして飛ぶ黄色い蝶々《ちょうちょう》を見ると、春の気配を感じてどこかほっこりした心持ちになった。

（そういえば……実家でよく見ていた蝶々は、黄色じゃなくて青だったっけ……）

シャダフは山岳地帯にある町ということもあり、春や夏になるとよく色々な虫が姿を現していた。

余計な殺生を望まないクロエは、屋敷で虫を見つけた時はよく窓から逃してあげたものである。

「そういえば……」

王都には、見るもおぞましい姿形をした害虫がいると、シャーリーが言っていた気がする。

『いいですか、クロエ様。シャダフでは年中通して気温が低いので出てきませんが、王都ではもうそれは恐ろしい悪魔のような害虫がいるのです』

『ええー、どんな虫なのー？』

『大きくて、茶色くて、平べったくて……目にした瞬間、全身の毛という毛が逆立って悲鳴を上げてしまうような虫なんです』
『んんー……見たことないからよくわかんない。なんていう虫?』
『その虫の名前は――』

「なんだったっけ……」

思い出せない。一度も見たことのない虫なので、頭が重要じゃない言葉として記憶の彼方《かなた》に飛ばしたのだろう。すぐに関心もなくなってしまった。

……。

……。

……。

……ずずっと、紅茶を啜《すす》って一言。

「……暇だな」

時刻は午後の三時過ぎ。掃除も洗濯も買い出しも夕食の準備も全部終わってしまって、クロエは手持ち無沙汰になっていた。

シャダフにいた頃は、そもそも実家がべらぼうに広く掃除だけでも一日じゃ終わらない程の作業量だった。

それに加えて、何かと理由をつけて仕事を作り出す使用人たちの押し付けが絶えなかったので休む暇がなかった。

なんなら深夜に一日の仕事が終わったかと思えば、姉リリーから「このドレスに刺繍《ししゅう》しておいてね」といった無茶振りをされ、朝まで寝られない日も多々あった。

しかし、ロイドの家で家政婦になってから、そんな日々は一転した。

実家と比べると家も手頃な広さのため掃除もすぐに終わるし、仕事を押し付けてくるような人もいない。

家政婦として任されている仕事にもすっかり馴れたため、昼を過ぎたあたりで全てが終わってしまうようになっていた。

仕事は与えてもらうものではなく、自分で作るものだという意識が強いクロエは最初こそ目に見えない細かい場所を掃除したり、ロイドの生活スタイルを考え必要になりそうなものを買ってきたりしていたが、思いつく限りの事はやり尽くしてしまっていた。

「好きにすれば良い、皆そうしてる……か」

『一人でいる時、自分は何をすれば良いのか』と、以前ロイドに尋ねた時の返答を口にする。

結局クロエは、家事手伝いをしてロイドに褒められる事が自分のしたい事だとわかって、その流れで家政婦となったわけだが……家事以外の時間をどう過ごすべきかが、ここ最近の目下の悩みであった。

ロイドが帰ってくるまでまだ時間がある。

散歩でもしようかとも思ったが、このところ時間潰しと称して毎日のように歩き回っていたせいか、今日はあまり気乗りがしなかった。

ただ漫然と時間を過ごしている虚しさだけが残る。

「あなたはいいよね、しっかりと目的があって」

花に抱きすがって、蜜をちゅうちゅう吸い取っている蝶々を見て呟く。

家事が終わって余った時間をぼーっと過ごしていると、蝶々よりも無駄な時間を過ごしている感じがして空虚な心持ちになった。

「私のやりたいこと……」

雲一つない空を見上げて、考える。

「なんなんでしょう、ね……」

考えるも、これといって浮かぶものはない。

ただ人に言われるがままに生きてきたクロエには、自分の『これが好き』『これが嫌い』といった自我が全くといって育たなかった。

自分が思った以上に空っぽな存在なのだと改めて痛感して、クロエはそっとため息をつくのであった。

◇◇◇

夜、夕食時。ロイド家の食卓。

「美味い」

今日のメイン料理である鱒《ます》の醤油《しょうゆ》バター焼きを口に運んでロイドは言った。

「ふふっ、お気に召していただけたようで良かったです」

「うむ、鱒は大昔に川で獲った物をそのまま食べたことしかなかったが、ちゃんと料理をするとこんなにも美味しくなるのだな……」

「そのまま生で⁉」

「あの時は一週間ほど水だけで活動していてな。身体が動かなくなってきてさすがにまずいと思い、自家製の釣具で取った」

「なるほど……」

ジャングルでの出来事だろうと思いつつも、そこには触れずに言葉を返す。

「お腹、よく壊さなかったですね」

「三日ほど下腹部に強い痛みがあった」

「それは完全に壊してます、大問題です」

「……むう、そうか」

押し黙るロイドに、クロエは笑顔で言う。

「今日は鱒を美味しく食べて、酷い目に遭った事は忘れましょう」

「うむ……そうする事にしよう」

その後、悲惨な過去を上書きするように美味い美味いと頷《うなず》きながら食べるロイド。

相変わらず無表情だが、微かに頬が緩んでいることにクロエは気づいていた。この二ヵ月間、一緒に過ごす中で、鉄仮面なロイドの些細《ささい》な表情の変化がクロエはわかるようになっていた。

「鱒自体もそうだが、味付けが癖になるな。非常に好みだ」

「鱒をカリッとフライパンで焼き上げた後、醤油とバターと絡めて上からレモンを絞っているんです」

「美味くないはずがないな。マッシュルームとの相性も抜群だ」

「バター醤油とマッシュルームは奇跡の組み合わせですからねえ」

笑顔を溢《こぼ》しながらクロエは言う。

実家では、料理を作る事は強制的な義務だった。

せっかく作っても無反応か、『なんだこのクソまずい料理は！』と怒鳴られたり、『作り直せ！』と皿ごとひっくり返されたりと、散々な目にあってきた。

だからこうして自分の作った料理を美味しいと言ってもらえるのは、とても嬉《うれ》しいことであった。

「ふふっ……これでもうひとつ、ロイドさんの好物が増えましたね」

「クロエの料理で好物じゃなかった物はない」

「またまた、そんな……」

「本心だ」

真面目な表情でロイドが言う。

ロイドがお世辞を言ったり、嘘《うそ》をつくような性格ではないことをクロエは重々承知している。

クロエの料理はロイドにとって、どれも絶品なのは間違いなさそうだった。

胸の中に広がる温かい感情。

（やっぱり……）

改めて、思った。

作った料理を美味しいと言ってもらえるのは、本当に嬉しいことなんだなって。

「……ありがとう、ございます」

ロイドに聞こえないくらい小さな声で、クロエは呟くのであった。

◇◇◇

「あの、つかぬことをお聞きいたしますが」

「む？」

夕食後、皿洗いも済まして二人でソファでのんびりしている時、ふとクロエは尋ねた。

「ロイドさんはお暇な時、何をしてるのですか？」

一緒に暮らしているとはいえ、部屋はそれぞれ別だ。

夕食をとって少しまったりした後はロイドは庭で鍛錬を、クロエはその鍛錬を眺めるか部屋に戻ってしまう。そのため、自由時間の時にロイドは何をしているのかクロエは知らなかった。

「暇な時、か……」

ふむ……と顎に手を当ててからロイドは言う。

「剣を磨いたり、甲冑《かっちゅう》を磨いたり、鍛錬したりしてる」

「アア……ナルホド……」

「聞いた私が間違っていました、みたいな顔だな」

「いえいえそんなそんな！」

ぶんぶんと顔を振るクロエ。しかし正直なところ、やっぱりかーという気持ちはあった。

一方、ロイドは顎に手を添え考える素振りを見せてから言った。

「そもそもの質問の意図としては、空いた時間に何をして良いのかわからず、参考になるかと思って聞いたといったところか？」

「さ、さすが……その通りです」

寂しそうに目を伏せてから、クロエが溢すように言う。

「家政婦のお仕事以外で、自分がやりたい事が見つからなかったのです。それで……なんだか、私って本当に空っぽなんだって思って……」

「なるほど」

ふむ、とロイドは黙考した後、クロエの頭にそっと手を乗せた。

「ロイドさん？」

「そう落ち込むことはない」

ぽんぽんと、優しく頭を撫《な》でながらロイドは言う。

「今まで、自分と向き合う時間がなかったのだろう。時間はたくさんある、焦らず、ゆっくりと見つけていくといい」

「……お気遣い、ありがとうございます。そうですよね、時間はありますから……焦る必要は、ないですよね」

とは言ってみるものの、やはりクロエの声は不安げだった。

「念のため言っておくが、これは気休めなどではなく実体験に基づいた言葉だ。クロエの……やりたいことがわからないという気持ちを、俺も痛いほど知っている」

「そうなんですか？」

クロエの不思議そうな視線がロイドを見上げる。

「ジャングルの施設から王都に移って、俺はしばらくの間、自分の存在意義を見失っていた」

ジャングルの施設――という単語に、クロエは緊張感を抱く。

「それまでずっと、ただ強くなることを、ただひたすら戦うことを強要されてきたから、それ以外に自分がやるべき事がわからなかった」

どこか懐かしむような目をして、ロイドは続ける。

「その中でも、自分でいろいろ試したり、周りの人に言われた事をやってみたりして、じっくり時間をかけて、少しずつ見つけていった」

クロエをまっすぐ見て、ロイドは言う。

「これはあくまでも俺のケースに過ぎないが……きっと大丈夫だ、そのうち見つかるだろう」

それはロイドなりの、クロエの心中を慮っての言葉だろう。

しかし一方で、クロエの胸はちくちくと痛んでいた。

時折ロイドが口にする自らの過去については、未だに慣れないものがある。

ただロイド自身はさほど気にしていないようだから、自分がいちいち動揺するべきではないとクロエもわかっている。思考を切り替えて、クロエは口を開く。

「はい……ありがとうございます、じっくりのんびり、探してみようと思います」

「うむ、それでいい」

小さく笑みを浮かべるロイドが、ふと気づいたように言葉を落とした。

「読書とか、どうだろう……」

「読書……」

頭にするりと入ってきた言葉を噛《か》み締めるクロエ。確か、実家にも書庫があった。

しかし当然入室は禁じられていたし、そもそも本を読む時間がなかった。

「いいですね、読書……自由時間にぴったりそうです」

アウトドアかインドアで言うと、インドアな趣向の自分にはマッチしてそうな習慣だとクロエは思い至る。

「そういえばロイドさん、たまに本を読んでいますよね？」

「ジャングルの施設では文字の読み書きをロクに教えてくれなかった。保護されて王都に来て、騎士団に入ると決まってから学びの一環として本を読まされるようになったんだ」

懐かしいとばかりに目を細めてロイドは言う。

「最初は億劫《おっくう》で仕方がなかったのだが、慣れるとなかなか面白いものだと気づいてな。精神統一にもなるし、自分の頭では思いつかない様々な世界を体感できるのはとても奥深かった」

「なるほど……そう、だったんですね……」

また胸がちくりと痛んだが、決して表には出さない。

気を取り直して、クロエは尋ねる。

「何か、ロイドさんが持っている本でお薦めはありますか？」

するとロイドは微妙そうな表情をして頭を掻《か》いた。

「クロエに薦められそうな本はないな。俺が読んでる本は基本的に、戦闘に関連した技術書や、剣士が戦う小説ばかりだ」

「な、なるほど……さすが、ブレませんね」

「だから、本屋に行って自分に合ったものを探すと良いと思う」

「本屋さん！」

「そんな驚くことか？」

「す、すみません。実家の近くには本屋さんなんて、なかったので」

山と川しかないシャダフでは読書の習慣がそもそもないため、本を取り扱う店もなかった。しかしこの王都では、どうやら本屋が存在しているらしい。

よしっ、と胸の前で両拳を握ってクロエは意気込む。

「明日、本屋さんに行ってみます」

「それが良い」

満足そうに、ロイドは頷いた。

「相談に乗ってくださって、ありがとうございました」

ぺこりと、クロエはロイドに頭を下げ感謝の言葉を口にするのであった。

◇◇◇

翌日。ロイドを見送り、いつも通り家事をこなすクロエ。

買い出しも終えたその足で、クロエは意気揚々と本屋へ繰り出した。

事前にシエルに教えてもらった本屋は商業地区の一角にあった。

少しアンティークな外観をしていて、こじんまりとした店構えであった。

お店に入るなり、紙とインクの匂いがスッと鼻を抜けた。

（あ……好きかも、この匂い）

すうっと、深く息を吸い込むクロエ。

どこか心が落ち着いて、ずっと嗅いでいたくなるような匂いに思わず口元が緩む。

「ごめんくださーい……」

そーっと言いながら、お店に入ってみるも店番の人が見当たらない。

平日の昼間とあってか、客もどうやら自分一人のようだった。

「お邪魔しまーす……」

入店するにあたって何か入場料的なものを支払う風習もなさそうなので、クロエは店内を見て回ることにした。大きな棚に見たことのないほどびっしりと本が並んだ空間を歩きながら、きょろきょろ見回すクロエ。

「わあ……」

思わず、感嘆の声が漏れた。

お店には大きなハードカバーの本から手のひらサイズの本、何かの文献か資料と思しき紙束まで様々な種類の本が所狭しと陳列されている。

本屋さん自体が初めてのため、見るもの全てが新鮮に映っていた。

（なんだか、落ち着くわ……）

目を閉じれば、森奥の泉が思い浮かぶかのような静寂。

ざわざわとした露店街の感じも好きだが、こういった静かな空間も良いと思った。

なんとなしに、一冊手に取ってみる。

ずっしりとしたハードカバーの本はかなりのページ数があって読み応えがありそうだった。

パラパラと最初の数ページを捲《めく》ってみると、この小説が世界各所に散らばる禁断のお宝を巡って大冒険を繰り広げるアドベンチャーものだとわかった。

冒頭の展開から引き込まれてしまい、ふむふむと読み耽《ふけ》ってしまう。

文字の読み書きをつきっきりで教えてくれた、実家で唯一味方だった侍女シャーリーにクロエは心の中でそっと感謝した。

「何か、お探しですか？」

不意に声をかけられて、びくんっと肩が跳ねる。

振り向くと、物腰柔らかそうな男性が笑顔を浮かべて立っていた。

「ああ、すみません。驚かせてしまいましたか」

失敬失敬と頭を掻く男性は、見た感じクロエよりも五、六歳ほど年上に見えた。

日焼けを一度も経験したことなさそうな白い肌、柔和な目元にはアンティークな丸メガネ、長めに切り揃《そろ》えた亜麻色の髪は中央で分けられている。

目鼻立ちは非常に整っており、屋敷の大きな窓のそばで読書をする姿が似合いそうな、知的で落ち着いた雰囲気を纏《まと》った美丈夫だ。

背はクロエよりもずっと高く、ロイドよりも少し低いくらいだろうか。

鍛えて肩幅の大きいロイドに比べると随分と線の細い体軀《たいく》は、ワイシャツとクリーム色のカーディガンに包まれていた。

「こ、こんにちは！　初めまして、クロエと申します」

「ご丁寧にどうもありがとうございます。僕はイアン、この書店のオーナーをしています」

ぺこーと行儀良く頭を下げるクロエに、男性ことイアンも挨拶を返す。

「店長さんなんですね。すみません、勝手に入っちゃって……」

クロエが言うと、イアンは不思議そうに目を丸める。

「うちはただの本屋なので、入店に制限はありませんよ。営業時間内なら、誰でも自由に出入りいただいて構いません」

「あ、そうなんですね、そうですよね……すみません、とんちんかんなことを」

見事な世間知らずっぷりを披露して顔を赤くするクロエに、イアンは「いえいえ、お気になさらず」と優しく笑った後、こほんと咳《せき》払いをして尋ねる。

「それで、どういったものをお探しですか？　よければお手伝いいたしますよ」

「本当ですか、ありがとうございます！　……といっても、特別これを！　というわけではなく、面白そうな本があれば……くらいの感じで来たんですよね」

「なるほど。普段読書はあまりなさらない？」

「小さい頃に読み聞かせで何冊か……くらいですね」

「なるほど、なるほど」

ふむふむと顎に手を当て頷くイアン。

「苦手なお話などはありますか？」

「怖いのと残酷なのは、ちょっと苦手かもしれません……以前、一回だけ怖い話を読み聞かせて貰《もら》った日の夜はもう、トイレに行けなくなっちゃいました」

「あるあるですね」

微笑ましげに口元を緩めてから、イアンが言う。

「わかりました。では、王道ではありますが、ラブロマンスものの小説などいかがでしょう？　今、王都の女性の間で大流行《おおはや》りの作品があってですね」

「らぶろまんすっ……」

今までの自分とは全く縁のなかった、しかし妙に甘美な響きを持つジャンル名にキラキラと目を輝かせるクロエ。

「興味、ありそうですね」

こくこくとクロエが頷く。

わかりやす過ぎる反応に、イアンは思わず笑みを溢した。

「それではご案内いたします。ラブロマンスものは、こちらの棚に……」

イアンの案内で、ラブロマンスものの小説が並んだ棚にやってくる。

「ここからこの辺りまで、全てラブロマンスものの小説です」

「わあ、たくさん……ありがとうございます！」

「おすすめとしてはこちらなど、今まさに王都で流行している作品です。由緒正しき令嬢が戦争に巻き込まれ囚われ奴隷となっていたところを、敵国の騎士に救われ一緒に過ごすようになって……といった、身分を超えた恋の物語となっております」

「騎士……」

思わず、呟いた。頭にふんわりと、毎日一緒に過ごしている黒髪の騎士の姿が浮かぶ。

それに加え、元令嬢と騎士との恋というシチュエーションに、妙な親近感が湧いた。

買う理由としては、それだけで充分だった。大きなハードカバーの本を手に取る。

表紙にはお洒落《しゃれ》な書体で『騎士と恋』と書かれていた。

シンプルながらも、どこかすとんと胸に落ちる、素敵なタイトルだと思った。

「これ、おいくらですか?」

「こちらの値段は……」

本は娯楽品ということもあって、イアンから告げられた価格は少し高めだったが、ロイドから貰っている給金であれば十分に払えるものだった。

(どうせ他に使い道もないし……)

それに、奴隷と騎士という身分を超えたラブロマンスなんて面白そうなもの、読まない手はない。

「では、これください!」

「毎度ありがとうございます」

「せっかくなので、もう一冊くらい買っていきたいのですが、他におすすめはありますか?」

「ありがとうございます! 他、評判の良い本と致しましては……」

イアンのおすすめによって、無事もう一冊の購入も決まった。

ちなみにそちらの方は、親の命で許嫁《いいなずけ》になった幼馴染《おさななじ》みの貴族の男女のラブロマンスもの。

表面上はいがみ合っているが、実は二人とも素直になれないだけで、貴族学園に入学したのをきっかけとして少しずつ距離が近づいていく……という、これまたなんとも面白そうなストーリーだ。

本を読みなれている人にとってはベタな設定も、今まで全く物語に触れてこなかったクロエにとってはとても新鮮で、面白そうな予感しかなかった。

「こちら、お釣りになります」

無事、本の購入を決めて、お会計をするクロエ。

本は紙で丁寧に包んでもらってから手渡された。

両手にずっしりとした重さを感じる。

自分が働いた給金で買ったものだと思うと、なんだか嬉しい気持ちが湧いてきた。

「ありがとうございます！　おすすめを教えていただいて、本当に助かりました」

「いえいえこちらこそ。クロエさんのような若い人に買っていただけるのは、私としても嬉しい限りですよ」

「イアンさんの紹介の仕方がとても上手で、普段本を読まない私でも、読んでみたい！　と思っちゃいました」

「そう仰っていただけると、書店員としては嬉しい限りです」

「読み終わったら、また買いにきますね」

「ええ、また、是非」

その会話を最後に、クロエは書店を後にした。

(雰囲気も良かったし、店員さんも良い人だったし……良いお店だったな)

思い返しながら、帰り道を歩くクロエ。いつもなら暇になって縁側で紅茶を飲む時間に、こうして有意義な時間を送れたことはとても良かった。

(また、来よう……)

胸に本をぎゅっと抱いて、そう思うクロエであった。

◇◇◇

「あ、お猿のおねーちゃーん！」

家まであと少しという場所にある公園の前を通りかかった時のこと。

聞き覚えのある声がクロエの鼓膜を震わせた。

見ると、五歳くらいの女の子がこちらに駆けてきていた。

背中まで伸びた柔らかそうなブロンドヘア、くりくりっと可愛らしいブルーの瞳。

ゆるふわっとしたフリルつきの洋服がとても似合っている。

「こんにちは、ミリアちゃん」

クロエも公園に足を運んでミリアと落ち合った。

「こんにちはー！　ほら、オセロも挨拶！」

ミリアが言うと、足下からにゃーんとのんびりした声。

見ると、黒と白のハチワレ猫がすりすりとクロエの足に頭を擦り寄せていた。

「ひゃー！　オセロちゃん！　元気してた？」

クロエが膝を折ると、オセロはごろんとお腹を見せてくれる。

ほらほら撫でるにゃーとでも言わんばかりだ。

「わあー、ふわふわだあ……今日も可愛いねえ……」

喉をゴロゴロ鳴らしながらご満悦そうなオセロのお腹を撫でる。

指先から伝わってくるもふもふとした毛触りに、確かな体温。

ものの見事に、クロエの顔はだらしなくなっていった。

「んにゃあ……かわいいにゃあー……ふにゃあ……」

声までだらしなくなってしまった。

思い返すと約二ヵ月前。木の上から降りられなくなっていた子猫をクロエが助けたことをきっかけに、ミリアとは仲良くなった。

その時、クロエはミリアに〝お猿のおねーさん〟という不本意な称号を与えられてしまったのだが、それはまた別のお話である。

助けた子猫はミリアの家に引き取られ、オセロと名付けられた。

後日、ミリアの母サラは、ロイドの上司フレディの奥さんという事が判明。

夕食会に誘ってもらったり、たまに公園で会った時に話す間柄になった。

「オセロ、見ない間に大きくなったねえー」

初めて出会った時はもっと小さかった気がするが、ミリアの家で幸せな生活を送っているうちに見事なサイズアップを遂げているように見えた。

「むー、オセロ、私にはあんまりお腹見せてくれないのに！」

ミリアが頬を膨らませて言う。

「猫ちゃんは気まぐれだからねー。私も毎日かまってたらきっと、お腹見せてくれなくなっちゃう」

「毎日お腹見せてほしいの！　うぅー……もう、こうなったらたくさん餌付けしてやるんだから！」

「あんまり食べさせちゃったら、健康に悪いような……」

そういえば、とオセロの顎先を撫でながらクロエが尋ねる。

「今日はお母さんと一緒じゃないの？」

「あら、いるわよ」

「ふぇ？」

見上げると、美しい女性がにこにこと柔らかい笑顔を浮かべていた。

「サ、サラさん……⁉」

驚声と共に立ち上がって、クロエはぴんっと背筋を伸ばす。

「こここここんにちは！」

「こんにちは、クロエちゃん。ごめんなさいね、あまりにも楽しそうだったから、声をかけるタイミングを失っていたわ」

くすくすと、口元に手を当てて上品に笑うサラさん。

「えっと、こ、これはですね……オセロがごろんってしてきたので、もう撫でるしかないなと思いまして、それで……」

「大丈夫、安心して。オセロがお腹を見せる辺りからしか見てないから」

「もうそれ全部見てるじゃないですか！」

人様の猫を緩み切っただらしない顔で撫でくり回していたところを見られた。

にゃあとか、ふにゃあとか、発していたシーンもバッチリだろう。

顔から火が出そうな勢いである。

「うう……恥ずかしいです……」

「恥ずかしがることでもないでしょう？　もふもふを前にして、抗える人間なんていないわ」

相変わらずおっとりした調子で言うサラ。

非の打ちどころのないしっかりした主婦代表のサラだが、言葉のとおり家ではオセロのもふもふを堪能しているに違いない。

そう思うと、羞恥がだんだんと収まってきた。

「あはは！　お猿のおねーちゃん、おもしろーい」

収まらなかった。

けらけら笑うミリアから追い討ちを食らって、クロエは再び頬を朱に染めてしまうのであった。

「あら、それ……」

サラが、クロエが胸に抱える紙袋に視線を注ぐ。

「あ、これですか？　さっき、本を買ってきたんです」

じゃじゃーんっと、クロエが紙包みをサラに見せる。

「へえ、本。いいわねー」

「サラさんも読まれるんですか？」

「ええ、人並みには。ちなみに、買ってきた本のタイトルを聞いてもいい？」

「『騎士と恋』という本と、もう一つは……」

「騎士と恋！」

急にサラの声のボリュームが上がった。

それからガシッと、クロエの肩を摑《つか》んで迫ってくる。

「え、え……サラさん？」

「それ、本当に名作だから！　心して読んでね！」

「うぇっ、あ、はい……わかりました」

急なサラの変わりように軽く混乱しながら言葉を返すクロエ。

視線をさまよわせておろおろするクロエに気づき、サラはハッと正気に戻った。

「……ごめんなさい、つい取り乱してしまったわ」

「いえいえいえ、そんなそんな！」

ぶんぶんと首を振った後、クロエはくすりと笑う。

「本当に面白かったんだなあって、家に帰って読むのが楽しみになりました」

普段、落ち着いているサラが分かりやすく興奮している様を目の前にして、本に対する期待値が一気に爆上がりした。

「ええ、ええ。詳しくはネタバレになるから言えないけど……天地がひっくり返るかと思うくらい、面白かったわ」

「わあ……そんなに」

「読み終わったら、感想会をしましょう。きっと、盛り上がるわ」

「感想会……」

今まで友達というものに恵まれなかったクロエにとって、その言葉はなんとも楽しそうな響きを伴っていた。

「いいですねえ、楽しみです……」

ぎゅっと、本を抱き締めながら、帰ったらすぐに読もうと決めるクロエであった。

◇◇◇

「ふむふむ……なるほど……ああっ、まさかそんな……」

夜、ロイド家のリビング。

夕食も終わり、いつもはまったりしている時間。

クロエはソファに座り、今日購入した本を早速開いていた。

「えええー……そう来ちゃいますか？　うあああ、もう、だから言ったのに……」

読み進めるたびにリアクションを表情や言葉に表すクロエが、心の底から楽しんでいることは一目瞭然だった。

クロエは読書を始めると、本の世界に入り込んでしまう癖があったが、それ以上に今回イアンが選んでくれた本――『騎士と恋』がシンプルに面白かったのだ。

『騎士と恋』に対するサラの熱烈な評価は正しかったようだった。

「ふ……」

食卓の椅子に座り同じように読書をしていたロイドが、先ほどから忙しそうに独り言を呟くクロエを見て小さく笑う。

「どうかされました、ロイドさん？」

ひょこりと顔を上げ、不思議そうに首を傾げるクロエ。

「いいや、なんでもない。なかなか、ユニークな挙動をしているなと思ってな」

「ああっ、ごめんなさい。うるさかったですよね」

「この程度の音で途切れるほど俺の集中力は脆弱《ぜいじゃく》ではない。だから、気にしないでいい」

ロイドの言葉に、クロエはほっと胸を撫で下ろした。

「むしろ、見ている分には楽しいからそのまま続けてくれ」

「うぅ……恥ずかしいです」

羞恥でほんのりとトマト色に染まった顔を、クロエは本を持ち上げて隠した。

悪戯が見つかった子供のような仕草に、ロイドの胸がきゅっと音を立てる。

お互いに集中できるよう、少し離れて本を読んでいて良かった。もしいつものようにソファで並んでいたら、ロイドはクロエの頭を撫でくりまわしていたに違いない。

「ロイドさん？」

「あ、ああ、いや、なんでもない」

ごほんと誤魔化すように咳払いをした後、ロイドは尋ねる。

「ちなみに、どんな本を読んでいるんだ？」

「ラブロマンスものらしいです！」

「らしい？」

「本屋さんの人が教えてくれまして。なんでも、今、王都のレディたちの間で大流行りの一冊らしいですよ」

「なるほど。俺はあまり手に取らないジャンルだな。面白いのか？」

「ええ、とても！　高名な令嬢が戦争で囚われ奴隷となってしまうのですが、敵国の騎士に救われて一緒に暮らすようになって……みたいなお話です」

「ほう、騎士か」

心なしか、ロイドが興味を持ったように身を乗り出す。

「買う時にロイドさんの顔が浮かんで、最初に買うならこれだと思って買うことにしたんです。結果的に大当たりでした！　主人公の女の子は純粋で心優しくてとてもいい子なんですが、厳しい境遇に陥っても折れない強さがあって、それから……」

はっと、途中でクロエが気づいたように目を見開く。

「ご、ごめんなさい、つい……」

「気にしないでいい」

まるで微笑ましいものを見るようにロイドは言う。

「楽しんでいるようで、何よりだ」

「お陰様で……」

「それで？」

まだ話し足りなさそうなクロエに先を促す。

「あ、えっと、身分差ゆえに様々な困難が二人を襲うんですけど、ここぞという時に騎士の方が力を発揮して主人公を守る姿がもう、かっこいいんですよ！」

「当然だ。騎士は有能で強くなければならない」

「現役の騎士さんが言うと説得力が違いますね、でも……」

ロイドに向けた目を細めてから、クロエは大事な宝物を撫でるように言う。

「ロイドさんも、とってもかっこいいですよ」

容貌も、中身も、所作のひとつひとつも。

ロイドという人間全般を指して、クロエは言った。

面白い本を読んでいる時の興奮に任せて出た言葉だった。

対してロイドは……過去、クロエを何度か助けた行為について指していると解釈した。

自分という人間が、いわゆる『かっこいい』の部類に入るという自覚が、ロイドには乏しかった。

「……騎士として、当たり前のことをしたまでだ」

と言いつつ、どこか気恥ずかしそうに頭を掻くロイド。

(わわわ私……さらりとなんてことを……!!)

一方のクロエは、口に出してから後追いで恥ずかしさがやってきて再び顔を本で隠した。

それから自然な流れで、お互いに読書に戻って。

しばらくして、ふとロイドが口を開く。

「しかし今更の話になるが……」

素朴な疑問をクロエに、投げかけた。

「クロエは本、読めたんだな」

「はい！　これでも、読み書きは得意な方なのですよ」

ふんすっとクロエが得意げに言うと、ロイドは「そうなのか」と不思議そうに眉をひそめた。

(あっ……そっか……)

ロイドの反応を見て、気づく。本は読めるのか、というロイドの言葉の真意。

ローズ王国の識字率の正確な数字はわからないが、普通、読み書きは貴族か商人の技能で、平民には備わっていないはずだ。

「こ、子供の頃に、私に読み書きを教えてくれた人がいてですね！　それで……」

誤魔化すようにクロエは言う。

自分は辺境伯の令嬢であると、ロイドにはまだ話していない。

明かすことにはまだ、抵抗があった。

「なるほど」

ロイドはしばし考える素振りを見せてから。

「その者は、なかなか優秀な人だったんだな」

それ以上、訊いてくることはなかった。

掘り下げられたくないというクロエの心中を察したのは明白である。

ちくりと、クロエの胸が痛む。

先ほど、ロイドが自分の過去に触れた時とは違う種類の痛み。

ロイドに自分の詳細——辺境伯の令嬢であることや、背中の痣《あざ》が理由で呪われた子として扱われていたことなどを、まだ話せていない罪悪感だった。

「そう、ですね……とても頭が良くて……優しい人でした」

ぎこちない笑みを浮かべながら、クロエは言う。

（いつか、ちゃんと話さないと……）

と思いつつも、なかなか話すタイミングが来ない。

全部話して、気味悪がられてしまったら、嫌われてしまったら……。

そんな恐怖が、クロエを萎縮させてしまっていた。

ロイドに限ってそんな反応をするはずがない、と頭ではわかっている。

しかし、今まで家族に散々虐げられる中で育まれた低い自己肯定感のせいで、あと一歩を踏み出せないでいる。つまるところ自分の弱さが、先延ばしにしているのであった。

（だめだなあ、本当に……）

自己嫌悪が胃の底の辺りから湧き出す。

自分の曇った表情を見せないように、また顔を本で隠してしまった。

（ちゃんと話したい……ちゃんと話して、それから……）

自分の、ロイドに対する気持ちも伝えたい。

あの日、フレディ家での夕食会の後に自覚した、ロイドに対する恋心。

きっと叶《かな》わぬ恋だとわかっていつつも、ロイドに対する想いは日に日に募るばかり。

今読んでいる本がまさに、本来なら決して叶うはずのない身分差恋であることも、クロエの心を締めつけている要因だろう。

想いを伝えたいと思う一方、今の距離感が心地よくて幸せに感じていた。

その幸せを、壊したくないという気持ちもあって。

二つの想いの狭間で、クロエは揺れているのであった。

◇◇◇

良い趣味ができた、とクロエはしみじみ思った。

大きなハードカバーの本を太腿《ふともも》の上に載せて、ずらりと並んだ文字の羅列に目を通してから、頭の中に世界を思い浮かべる。

誰かが考えた物語に接するという娯楽は、どちらかというと内向的なクロエにピッタリとハマった。たちまちのうちに、クロエは読書の虜になった。

家事が終わって空いた時間に、食後のまったりした時間に、寝る前の少しの時間に、クロエは本を読むようになった。

もちろん、真面目で使命感の強いクロエは読書にかまけて家事の手を抜くことはない。やるべき事はしっかりとこなしてから、読書に時間を使うようになった。

イアンにお薦めされた二冊の本をクロエはゆっくりと読み進め、数日かけて読み終えた。

特に『騎士と恋』の方は面白かった。

サラが言ったような天地がひっくり返るまでのことはなかったが、まさかの展開にベッドでひっくり返ってしまう一幕はあった。

◇◇◇

「とても面白かったです！」

とある平日の昼下がり。

本屋を訪問するなりクロエは、本棚を整理していたイアンに言った。

「おお、読み終わりましたか」

クロエのとても満足げな表情を見るなり、イアンはにこりと柔らかい笑みを浮かべる。

「楽しんでいただけたようで、何よりです」

「もう、最高でした」

キラキラと輝く星空のような目でクロエは言う。

「設定も好みでしたし、二人の恋模様もいじらしくて、応援したくなって……クライマックスはベッドで読んでいたのですが、思わずふおおおって立ち上がってしまいました、最後の一ページまで本当に面白かったです」

興奮気味に話すクロエに、イアンは嬉しそうに笑う。

「そんなにも楽しんでいただけると、嬉しい気持ちになりますね。僕としてもおすすめした甲斐《かい》があったというものです」

「ナイスチョイスでした。それで、あの……」

微かに視線を彷徨《さまよ》わせてから、クロエは言葉を紡ぐ。

「また、おすすめを教えていただけますか？」

「ええ、もちろん。どんな本にしましょう？」

「ありがとうございますっ。『騎士と恋』がとても好みのお話だったので、似たようなものがあれば……」

「なるほど、わかりました。ではこちらへ」

イアンの案内でラブロマンスものの棚に移動する。

ずらりと並んだ本の中から、昔に刊行された名作から最近流行りの作品まで、何冊かおすすめをセレクトしてもらった。

「では、こちら一点のお買い上げでよろしいですね?」

「はい、よろしくお願いします」

「ありがとうございます。お会計が……」

財布を出して代金を支払う。

ちなみに今回購入を決めた本も、主人公が女の子でヒーローが騎士のものだった。

「そういえば、イアンさんはどんなお話が好みなのですか?」

「僕ですか?」

紙袋に本を入れるイアンに、ふとクロエは尋ねてみる。

「そうですね……」

顎に手を当ててしばし考え込んでから、イアンは口を開く。

「これと言ってこういう話が好き、というのはないかもしれません。子供の頃から本が身近にあって、毎日のように読んできたので、もはや本だったらなんでも良いといいますか……面白みのない答えですみません」

「いえいえ! 子供の頃からたくさんの本が身近にあるなんて、凄い環境ですね」

「平民にしては珍しいかなと思います。生まれた時からずっと、ここに住んでいるんですよ」

「そうなのですか?」

店内を見渡してから、イアンは言った。

「ここ、元は親父《おやじ》から譲り受けたお店なんです。数年前に親父が亡くなって、そのまま店を継いだかたちです」

懐かしそうに眼を細めて言うイアンに、クロエの表情が曇る。

「そう、だったんですね……ごめんなさい、思い出させてしまって」

「……優しいんですね、クロエさんって」

しょんぼり落ち込むクロエに、イアンが溢すように言う。

「優しいだなんて、そんな……」

「どうか、お気になさらないでください。僕としてはもう、折り合いがついています。父がいなくなって寂しい気持ちもありますが……僕には本があります。もともと本を読む事以外に趣味もないので、僕としては楽しい日々を送っているのですよ」

寂しさや虚しさなど欠片《かけら》も感じさせない声で言うイアン。

クロエの胸に安堵《あんど》が舞い降りる。

「……お気遣い、ありがとうございます」

小さく頭を下げるクロエの表情に、ようやく笑顔が戻った。

同時に、イアンに対し羨望の念を抱いている自分にクロエは気づく。

心の底から好きだと言えるものがあって、それが自分でもわかっていて。

その好きなものに没頭して楽しい日々を送っているイアンを羨ましいと、クロエは思った。

「ああ、そうだ」

一つ、思い至ったようにイアンは言った。

「僕が好きな話、浮かびました」

「お、なんですか、なんですか？」

「みんな笑顔でハッピーエンドで終わる話が好きです。争い事は性に合っていないので、ゆるっと読めて幸せな気持ちで読み終えられる本が好きですね」

イアンの言葉に、クロエはこくこくとしきりに頷いた。

「私も、そういう話の方が好きです」

同じく争い事が嫌いで、のんびりゆったりしていたいクロエ。

話している時の物腰やストレスのなさと言い、イアンとは気が合いそうだとクロエは思った。

「遅くなりましたが、こちらどうぞ」

「ありがとうございます！」

綺麗《きれい》に包まれた本を受け取ったクロエがむふーと鼻を鳴らす。

まるで、ずっと欲しかった玩具を買ってもらえた子供のようにご満悦だ。

「また読み終えたら、感想を聞かせてください」

「こちらこそ是非！　それで、あの……迷惑でなければで良いのですが」

「はい、なんでしょう」

ごそごそと、クロエはリュックから小さな紙袋を取り出しイアンに差し出した。

「良かったらどうぞ」

「これは……」

「クッキーです、家で焼いた余りですが……甘いものが苦手とかでなければ是非。この前、おすすめの本を紹介していただいたお礼です」

にっこりと屈託のない笑顔で言うクロエ。

言葉の通り、親切に本をおすすめしてくれたことに対する深い意味のない善意だったが……。

「イアンさん？」

「あっ……いえ……すみません」

一瞬ぼーっとしてしまったイアンが、瞳に微かな動揺を浮かべて眼鏡を持ち上げる。

「こういった贈り物は初めてなもので、少し驚いてしまいました」

言いながら、イアンはすぐに表情を笑顔に戻した後。

「甘いものは好物です、ありがとうございます」

そう言って、クロエから小袋を受け取った。

「はいっ。本を読むと甘いものが欲しくなりますからね、是非お供にしてください」

「ありがたく頂きます」

目を伏せ礼を言うイアンに、クロエは嬉しそうに笑うのであった。

◇◇◇

クロエが退店した後。

一人、店台に座って天井を眺めるイアンがぽつりと言葉を漏らす。

「……やっぱり、とても優しい人だな」

一応、店内を見回してから、先ほど貰った小袋を開ける。

今はお客さんもいないし一つくらい大丈夫だろうと、綺麗な円型のクッキーをさくりと齧《かじ》った。

「美味しい……」

じんわりとした甘みと、ほんのりとバターの風味が鼻に抜ける。

かといって甘すぎず、癖になる味わいだった。

一つくらいと言ったにもかかわらず、イアンの指先は二つ目、三つ目のクッキーに伸びてしまう。

「はっ、いけないいけない……」

我に帰ってすぐ、イアンは小袋の封をし直した。

ここで全部食べてしまっては勿体《もったい》ない。

椅子に座り直して、イアンはほうっとため息を漏らした。

「クロエさん……か」

その名前を口にしたら、なぜだか胸がざわざわした。

温かいような、切ないような。

今までどちらかというと人と接さず一人でいることが多かったイアンにとって、この感覚は新鮮だった。

「どこに住んでいる人なんだろう」

接客をしている時に浮かべていたのとは違う種類の笑みを浮かべて、イアンは呟くのであった。

◇◇◇

イアンの本屋で新しい本を購入した翌朝。

「ふあ……」

朝食中、思わず欠伸《あくび》を漏らしてしまうクロエ。

「眠そうだな」

「あ、すみませんっ」

ロイドに指摘され、クロエは慌てて目をぱちぱち瞬《また》かせる。

それからごしごし目元を擦《こす》って、ぶんぶん頭を振った。

「目覚めました！」

「いや……そんな、無理しなくていいぞ？」

真顔で言った後、ロイドは尋ねる。

「昨晩は、遅かったのか？」

「うう……すみません……」

目を「><」にして申し訳なさそうにするクロエ。

「昨日買った本がなかなか面白くて、つい夜更かししちゃいました……」

「謝ることではないぞ」

優しい声色でロイドは言葉をかける。

「人間、たまには夜更かしをするものだろう。むしろよく、今まで早寝早起きを徹底できていた」

「そんな、褒められるようなことでもないですよ。家政婦として、当たり前のことをしていただけです」

「俺からすると、頑張り過ぎだと思うがな」

「そうでもないですよ？　私、家事などはだいたい決められた通りに動く癖があるんです。ロイドさんを見送った後は掃除と洗濯をして、ご飯の材料を買いに行って、帰ってきて、夕食を作って……と、日課を繰り返しているだけですよ」

「なるほど……」

少し考えてから、ロイドは言う。

「それでも、クロエの働きっぷりは俺がよく知っている。だから、気にしないでいい」

「ロイドさん……」

目を伏せて、ちょっぴり照れ臭そうにクロエは言った。

「そう仰っていただけると、嬉しいです……」

◇◇◇

朝食後、お皿を洗っていたクロエがふと尋ねる。

「そういうロイドさんも、少し寝不足だったりしますか？」

出勤のための着替えをしていたロイドの動きがぴたりと止まる。

「…………何故そう思う？」

「ほんの少しですが、目元にクマができているように見えたので……」

控えめな口調でクロエが言うと、ロイドが一瞬目を見開く。

「鋭い目をしているな。クロエ、やはり君には騎士の才能があるぞ。剣撃の予測において、目は非常に重要な要素だ。どうだ、クロエも騎士に……」

「体がついていかないので無理ですねえ」

苦笑と共に返すと、ロイドは「そうか……」と残念そうな顔をする。

皿洗いが終わったので、クロエはちょこちょことソファに腰掛けロイドに尋ねた。

「昨晩は、眠れなかったのですか？」

「いや……クロエが本を読むようになって、俺の読書熱も再燃したようでな。それで少し、夜更かしし過ぎた」

「あら、ロイドさんも」

真面目《まじめ》な声色で言うロイドに、ふふっと笑みを溢《こぼ》すクロエ。

「面白いことを言ったつもりはないが」

「面白いから笑ったんじゃありませんよ？　私と一緒で、読書で夜更かしをしていたんだなあって思うと、何故だが少し嬉しいなって思ったといいますか」

「不思議な感性を持っているな」

「そうですかね。自分はよくわかりません」

クロエが笑って言うと、ロイドはどこか居心地悪そうに頬を掻《か》いて話を変えた。

「今日は大事な式典の日にもかかわらず、本の誘惑に負けて夜更かしなどしてしまった。騎士として猛省せねばならない」

「式典……そういえばロイドさん、今日はやけに着替えに手間取っていますね」

「今日は新しい団員の入団式があってな。正装で行かねばならないのだ」

「なるほど、入団式。そういえば、もう春ですもんね」

実家でも、この季節になると新しい使用人が入ってきていた記憶がある。

ある者はこれまでお世話になった職場や学校に別れを告げ、ある者は新天地に心を躍らせる、春はそういう季節だ。

きっと、盛大な催し物なんだろうとクロエは予測する。

その証拠に、ロイドの胸元にはいつもより煌《きら》びやかな勲章が並んでいた。

ふと、ロイドが小さくため息をつく。

「どうかされました？」

「いや……今日入団予定の新人に、少々活きの良過ぎる者がいてな。なんとなく、面倒なことになりそうな予感がする」

「ロ、ロイドさんがそんなこと言うなんて、珍しいですね……」

「今日はなかなか、大変な一日になるかもしれん」

「ロイドさんなら大丈夫ですよ、ふぁいとです！」

眉を顰めて言うロイドに、クロエが胸の前で両拳を握って言った。

「……そう言ってくれると、心強い」

準備を終え、玄関に移動するロイドにクロエもついていく。

「入団式の後に、新人へのレクチャーもあるから、もしかすると今日は帰りが遅くなるかもしれない」

「わかりました！　私のことはお気になさらず、お仕事頑張ってきてください」

内心はちょっぴり寂しいクロエであった。

しかし、ロイドがなんの気兼ねもなく仕事に励めるよう笑顔で言う。

そんな彼女の表情をじっと見つめて。

ロイドが、クロエの耳元に顔を近づけた。

「ロ、ロイドさん……？」

「なるべく早く帰る」

ぽん、と優しくクロエの頭を撫でた。

「では、行ってくる」

「い、行ってらっしゃいませ……」

家を後にするロイドに、小さく手を振るクロエ。

ロイドがしていった後、クロエはへなへなとその場に座り込んだ。

「び、びっくりした……」

急な接近と頭ぽん、そして耳元で囁《ささや》かれる低音ボイス。

こんなフルコースに耐えられるはずもなく、顔の温度が急上昇してしまった。

「ひゃあああ〜〜〜……」

頬を押さえて、クロエはしばらく悶《もだ》えてしまうのであった。

「……さて、と」

立ち上がり、こほんと咳払いをして切り替える。

さあ、仕事の始まりだと気合いを入れ直すと。

「ふぁ……」

また欠伸が漏れてしまった。

どうやら思った以上に睡眠時間が足りてないようだった。

作業の効率を考えると、まず少しだけ仮眠を取るのも良いかもしれない。

シャダフではそんな働き方をしようものなら使用人に告げ口をされ、母や姉に罵倒を浴びせられたものだが、ここではそれができる。

「ううん、いけないいけない」

頭を振る。これからロイドが仕事だと言うのに、家でグースカ惰眠を貪る家政婦がどこの世界にいるだろうか。

いや実家には、そんな使用人も普通にいたが、クロエには申し訳なさが勝ってできなかった。

それに下手に仮眠をして眠り込んでしまったら、今晩の寝つきが悪くなってまた夜更かしして……の負のループに陥る可能性もある。

「頑張りましょうかね……」

眠気はあるが、気の持ちようでなんとかなる程度だ。

それこそ、三日三晩寝ずに働かされていたシャダフの頃と比べたら楽にもほどがあるだろう。

ぺちぺちと頬を叩《たた》いてから、家事に取り掛かる。

「ふふーんふふーん♪」

眠気覚ましも兼ねて鼻歌を歌いながら洗濯。

その後、家の中の掃除。リビングを綺麗にした後、台所の掃除に取り掛かろうとして。

「あーーーー!!」

クロエの大声が家中に響いた。ロイドの昼食用に作った弁当。それが台所に置かれたままになっていることに気づいたのだった。

✦第三章 王城へ

リビングにお弁当を持って移動した後。

「やってしまいました……」

食卓の上に鎮座するお弁当を前にして、クロエは呟《つぶや》く。

今日も今日とてロイドのためにお弁当を作ったのは良いが、見事に渡し忘れてしまっていた。

寝不足で頭がいつもより働いていなかったのもあって、最後の最後でポカをやらかしてしまったのだろう。

ロイドも寝不足だったみたいなので、お互いにすっかり抜けていたものと推測する。

「うう……家政婦失格です……」

頭を抱えてどんよりと肩を落とすクロエ。

ロイドがこの場にいたら、『人間誰しも一度や二度ミスはある』と励ましてくれていただろうが、生憎《あいにく》一人のクロエは見事にしょんぼりしてしまうのであった。

「どうしましょう、これ……」

一通り落ち込んでから、改めて考える。

渡し忘れてしまったものは仕方がない。

ロイドには申し訳ないが、今日はこのお弁当を自分のお昼ご飯にすることも考えたが……。

――今日はなかなか、大変な一日になるかもしれん。

ロイドの言葉が思い起こされて、クロエは頭を振る。

このまま放っておいたら、ロイドは昼を抜くか、あのパサパサな携帯食を齧《かじ》ることになるだろう。

それはダメだとクロエは思った。

今日のような大変な日こそ、ロイドには美味《おい》しいものを食べて欲しかった。

ちらりと、時計に目をやる。昼までまだ時間があった。

今から向かえば、余裕を持って昼前には王城に着くだろう。自分が面会に行ったら迷惑かもしれないとも思ったが、最悪お城で働く誰かに言伝《ことづて》と一緒に手渡せば良い。

「……お城に行きましょう」

呟くと同時に深く、クロエは頷《うなず》いた。そうと決まればあとは早かった。

一旦お弁当のふたを開けて、お詫《わ》びの印とばかりにおかずを追加して。

お弁当を大きめの布に包んで布袋に入れた。

「よしっ」

準備は万端。いざ王城へ……と思ったところで、足にキキッとブレーキがかかった。

「この格好で行くのは、さすがにだめっ……」

今着ているのはラフな普段着。

といっても、近所になら着て出かけられるデザインのため気に入ってるが、間違ってもローズ王国で最も厳かな場所に着ていくものではない。それに、弁当を渡しにいくだけとはいえ、ロイドの同僚の皆さんとも遭遇する可能性だってあるのだ。

ロイドは騎士団の中でも絶対的なエースだと聞いている。

そんな立場にあらせられるロイドの家の家政婦が、野暮ったい格好でのこのこやってきたら……。

（ロイドさんに……恥を掻《か》かせてしまうっ……）

サーっと血の気が引いていく。体の温度が急激に下がっていった。

危ない、気づいてよかった、本当に。

「この間のドレスは確か……」

気を取り直して、クロエは自分の部屋へと向かってクローゼットを開いた。

◇◇◇

クロエがせっせと身支度をしている頃、王城の、主に式典などで使用される大きなホールでは。

「あいたっ」

入団式の準備のため来賓席用の椅子を運んでいるロイドに、小さな衝撃。

「大丈夫か？」

背中から当たってきた男に、ロイドが尋ねる。

「す、すみません、よく前を見てなくて……ひっ」

ロイドの顔を見るなり、男はみるみるうちに表情を強張《こわば》らせた。

(見ない顔だが、新人だろうか……)

そんなことを思っていると。

「す、すみませんでしたーーー!!」

男はペコペコと頭を下げた後、ぴゅーっと逃げ出してしまう。

あのリアクションからすると、ロイドのことを知っていて恐れをなしたに違いない。

「おいおい……ロイドが新人を威嚇してるぞ……」

「ひゃー……トラウマモノだな、ありゃ……」

こちらを見ながら、団のメンバーがヒソヒソと言う。

(大方、ある事ない事吹き込まれたのだろうな)

小さく息をついてから、ロイドがメンバーの方に視線を向ける。

すると彼らはびくっと肩を震わせて、いそいそとその場を立ち去ってしまった。

再び、ロイドはため息をつく。

団内でトップの強さを誇り、王国屈指の剣士として一目置かれているロイド。

本来であれば尊敬される立場である彼だが、本人にあまりにも愛想がなく、常に無言で怖い顔(本人にはその自覚なし)をしていることから、団内では〝漆黒の死神〟と呼ばれ恐れられている。

彼らとのコミュニケーションをおろそかにしてきた自分にも非があるという自覚はあるが、ロイド自身、馴《な》れ合うつもりもないので、これまで特に現状を変えようという気にもならなかったのだが……。

（最近、妙な虚しさを感じるな……）

以前までは感じることのなかった空虚感。

家では常にクロエと一緒にいる分、職場でひとりの時に違和感を抱いてしまう。

もちろんフレディなど話しかけてくれる者もいるが、他の団員と明らかな距離が生じていることになんともいえないもの悲しさを覚えていた。

（あ、弁当……）

クロエの事を考えていたらふと、思い至った。

今朝も台所で、クロエがせっせと弁当を作っていた場面を見ていた。

その肝心な弁当を、見事に忘れてしまったようだった。

「どうしたロイド？　やけに落ち込んでいるじゃないか」

ロイドがずーんとなっていたところに、フレディが話しかけてきた。

「俺はいつも通りなのですが」

「嘘《うそ》つけ、俺にはお見通しだぞ」

犯人を発見したみたいに見てくるフレディに、ロイドは無言を貫く。

「そっかー、クロエちゃんと喧嘩《けんか》しちゃったかー」

「いえ、してませんが」

「じゃあ、クロエちゃんが家出しちゃったかー」

「いえ、家にいますが。なぜクロエ絡みの悪い可能性しか考えないのですか？」

「ロイドが落ち込むといったらそれしかないだろうと思って！」

「そうとは限らないと思いますが」

「じゃあなんでそんな落ち込んでるんだ？　んん？」

はよ教えろよと言わんばかりに、フレディが迫ってくる。

変な勘ぐりをされても面倒なので、ロイドは白状することにした。

「……弁当を、忘れてきました」

言うと、フレディはぶわっはっはっはと膝を叩《たた》いて笑った。

「笑う要素、どこにありました？」

「大の大人が！　それも漆黒の死神と恐れられる王国屈指の剣士が！　愛妻弁当を忘れてしょんぼりとは、笑うしかねえだろ！」

「愛妻弁当ではなく、家政婦弁当です」

「真面目か！」

盛大に突っ込んだ後、やれやれとため息をつくフレディ。

「それにしても、あれから毎日弁当を作ってくれてるあたり、クロエちゃんも健気《けなげ》だねー」

「とても優秀な家政婦で、助かっています」

「いやいや、愛あってのことでしょ」

ぴたりと、ロイドの手が止まる。

「どういう意味ですか」

「控えめに見ても好きじゃん」

「誰が、誰を？」

「クロエちゃんが、ロイドのこと」

何を当たり前のことを、と言わんばかりのきょとん顔で言うフレディ。

「それは……」

ないでしょう、と言いかけて口を閉ざした。

ないと言い切れない事を、ロイドはここ最近のクロエとの生活で薄々感じ取っていた。

「お前こういうのには本当無頓着だからなー……さすがにそろそろ、クロエちゃんのことを真面目に考えてあげた方がいいと思うぞ？」

「…………」

フレディの言葉で、考え込む。

フレディの言う通り、この手の色恋沙汰に対してロイドは幼子レベルの経験値しかない。

今までずっと剣一筋で生きてきたのもあって、学ぶ機会は皆無だった。

だから、わからなかった。

自分の気持ちも、クロエの気持ちも。

だが。

（クロエは、俺のことを……）

どう思っているのか、気になってしまっている自分がいる。

さすがに、好意的に見てくれてはいるとは信じたい。

見てくれていなかったら、今でもこうして家政婦として一緒にいてくれないだろうし。

しかしあくまでもそれは親愛的な好意からだろうと、ロイドは考えている。

元々が、どこか遠い場所から家出をしてきて暴漢に襲われそうになったところを、ロイドが助けたことから二人の関係は始まっている。

クロエからすると、ロイドは恩人として映っているに違いない。

それに加えて——。

(俺のような人間は……)

人に好かれるわけがないという強い思い込みが、ロイドにはあった。

好かれてはいけない、という表現の方が正しいかもしれない。

その理由に起因する、あまり思い出したくない過去の記憶が溢《あふ》れ出しそうになって……。

「どうした、ロイド?」

フレディの声でハッとする。

「なんか、顔色悪くないか?」

「……なんでもありません」

理性を強くして、脳裏に浮かびそうになった光景を押し込む。

大きく深呼吸をすると、すぐに気持ちは落ち着いてきた。

「体調悪いなら正直に言えよ？　式の途中でぶっ倒れられでもしたら堪《たま》ったもんじゃないからな」

「大丈夫です。体調にはなんの問題もありません」

ほんの少しだけ寝不足気味だが、それは体調不良のうちに入らないだろう。

「ま、真面目なお前に限って心配はしてないけどよ。それよりも、問題の新人が何か妙な事起こそうとしてたら、対処の方よろしくな」

「立場的にそれは副団長が適任でしょう」

眉を顰《ひそ》めてロイドが言ったその時。

「全く、シケた会場だなー」

聞き覚えのある、そして荘厳な入団式が執り行われる場にふさわしくない声がロイドの鼓膜を叩く。

振り向くと、問題の新人——侯爵貴族の令息、ルークが見るからに大きな態度で会場入りしていた。

年齢は騎士学園を卒業したばかりということもあり、ロイドよりも二つ三つ下だろうか。

少年ぽさを残した顔立ち、短く切り揃《そろ》えた白髪に、琥珀色《こはくいろ》の鋭い瞳。

身長はロイドより少し低いくらいだが、平均に比べるとかなり高めだ。

服は以前見た紺色のブレザーではなく騎士団の正装になっているが、全身の至る所にジャラジャラとアクセサリーやら貴金属をつけているせいか、成金貴族の趣味の悪い服になってしまっている。

彼の背後には、年齢はルークと同じくらいに見える女性が二人。

どちらも荘厳な会場の雰囲気にふさわしくない、目のやり場に困る服を着ていた。

そんな二人の女子を目にした途端、フレディの瞳が厳しいものになった。

我が物顔でこちらに歩いてくるルークの前に、フレディが立ちはだかる。

「お、こんにちは、副団長さん」

覚えたばかりであろう、胸に手を当てて頭を下げる騎士の礼をするルーク。

心から従順に従っているわけではなく、多くの人の目がある場だから最低限のマナーを守っておこう、という魂胆が滲《にじ》み出ていた。

「こんにちは、ルークくん。しっかりと騎士らしい振る舞いを覚えてきたようで、安心したよ」

フレディがあえて突くと、ルークはぴくりと眉を動かす。

「いえいえ、この前は迷惑かけまして、申し訳ございませんでしたね。少し感情的になってしまいまして」

「ああ、気にしないでいいよ、不幸な行き違いというのはよくあることだからね。ところで……」

ちらりと、ルークの後ろの女性二人を見やってフレディは尋ねる。

「そちらのお嬢さん二人は、式の関係者か何かかな？」

「いいえ、別に？　騎士学園時代から、俺のファンだって言ってついてきている子たちですよ。いやはや、モテる男は辛《つら》いですよね、ホント」

やれやれと全く困ってなさそうにため息をつく。

騎士らしい振る舞いはどこかへ消え去ってしまったようだ。

「ファンだなんて、とんでもありませんわ」

「私たちは、ルーク様を心からお慕いしているだけです」

女性二人はルークの肩に縋《すが》るように手を当ててうっとりした声で言う。

思わず顔をしかめるロイド。騎士の入団式という厳かな場に連れの女を二人も連れてくること自体、常識外れの振る舞いでしかない。

普通の新人なら即刻追い出され、今からでも入団取り消しの検討に入るところだろうが、不幸な事にルークはこの国でも上位に君臨する侯爵貴族の令息。

そこまでの強硬な手段には出られない。

という諸々の事情を考えた上で、フレディがにこやかな笑顔のまま言う。

「それでは、そちらのお二人にはご退場をお願いしていいかな？」

ぴしりと、場の空気に緊張が走った。

「申し訳ないが、これから行われる式には、関係者以外立ち入り禁止なんだ」

「それ、本気で言ってます？」

フレディを睨《にら》みつけてルークは言う。

「俺の騎士としての映えある門出の日を祝おうって、二人は駆けつけてくれたんです。だから、いいでしょう？」

「良くない。規則は規則だ」

にこやかな面持ちから一転、フレディが真面目な表情で諫《いさ》める。

ぎりっと、ルークは忌々しげに歯を鳴らした。

自分の親の権威を振り翳《かざ》してもフレディが靡《なび》かないことは、以前の出会いで証明されている。

しばし、両者視線を交わし合っていたが。

「…………ちっ」

盛大に舌打ちしてから、ルークは優しげな顔を二人に向けた。

「カミラ、ジェフリー、ごめんよ。どうやら騎士団という場所は学園よりも融通が利かないようでね。申し訳ないけど、今日は……」

「お気になさらないでください、ルーク様」

「私たちは、いつもの場所で待っておりますので」

思わず鳥肌が立つような猫撫《ねこな》で声で言ってから、二人はルークの頬にキスをしてホールを後にした。

「これで満足ですか？」

「ご協力感謝するよ」

「仕方なくですからね、俺の方が妥協したに過ぎません」

「そうかい。さあ、式の開始までもう時間がないだろう、早く所定の場所へ行った方がいい」

歯牙にも掛けない調子でフレディが言うと、ルークは無言で一礼して歩き去っていった。

「毎年変わり者が入団してくるが、入団式に女を連れてくる奴《やつ》は初めてだ」

「貴族の悪いところを凝縮したような奴でしたね」

「違いない」

やれやれと息をつくフレディに、ロイドが不機嫌そうに言う。

「やはり俺には対処が難しいです。あのような態度を取られてしまったら、問答無用で抜刀してしまいます」

「ははっ、漆黒の死神が鮮血の死神になってしまうな」

「笑い事じゃないでしょう……」

式はまだ始まってもないのに、ロイドはどこか疲れたような顔をしている。

規則や集団行動に厳格なロイドは、ルークの立ち振る舞いに我慢ならない所があるのだろう。

微《かす》かに怒りが滲み出ているロイドに、フレディは苦笑を浮かべる。

「せめて、剣の腕は一流である事を祈るばかりだな」

「期待はしていません」

切り捨てるようにロイドが言うと、フレディは肩を竦《すく》める。

「それじゃ、俺は行くよ」

「はい、お疲れ様です」

フレディも立ち去る。

一人になって、ロイドは深いため息をついた。もうじき入団式が始まる。

これから彼が団員に加わると思うと、先が思いやられてしまうロイドであった。

◇◇◇

入団式が始まってしばらく経《た》った頃。

身なりをばっちり整えたクロエは、王城を訪れていた。

「す、凄い、大きい……」

天に聳《そび》える巨大な建造物を前にして、クロエは思わず言葉を溢《こぼ》した。

シャダフの実家なんて比べ物にならない。

遠目ではよく目にしていたが、実際に目の前にしてみると王城はとても巨大な建物だった。

「この国の王様が住んでいるのだから、当たり前ね……」

そんな場所に今から足を踏み入れると思うと、少しばかり緊張してきた。

「よしっ……」

気を入れ直して、入り口である門番所に足を運ぶ。

「ご、ごめんくださいー……」

恐る恐るといった様子で、クロエは声をかけた。

ロイドと同じ、騎士の格好をした門番二人はクロエに気づくなりぎょっと目を丸める。

「え、ちょ……かわっ……」

「ど、どこの令嬢だ？　お前、話聞いてたか？」

「いや、何も聞いてない。しかし、令嬢なら従者もつけずに一人で来ることはないような……」

「あの……？」

ごにょごにょと何やら内緒話をしている二人にクロエが話しかける。

すると二人はハッとして、無理やり落ち着きを取り戻した。

「あ、ああ、すまない。お嬢さんがあまりにも可愛らしくて、つい慌ててしまって……」

「か、可愛いだなんてそんな、とんでもないですよ」

にっこりと、クロエが穏やかな笑顔を浮かべる。

十中八九お世辞だろうが、お世辞を口にしてくれるほどには身なりを整えることができていたみたいだと、クロエは内心でホッとした。

一方の門番二人は、クロエの笑顔にぽーっと見惚《みほ》れてしまっている。

王城の警備という職業柄、数々の令嬢を目にしてきた二人だったが、その中でもクロエの容貌は別格であった。

とても庶民の出自とは思えない、それゆえクロエをどこか良い所の令嬢だと判断した、二人の勘は当たっていた。

クロエは辺境伯の令嬢で、元々が整った顔立ちをしている。

しかも今は化粧も服装もばっちりで、王都の上級貴族の令嬢にも引けを取らないほど見目麗しい姿をしていた。

ただ本人は幼い頃から醜い呪われた子だと罵倒を浴びせられ続けてきたため、自分がそんな容姿をしているという自覚が全くない。

「……………あの？」

「あっ、ああ！　ごめんなさい！　それで、ご用件はなんでしょうか？」

一人の門番が前に出てクロエに尋ねる。

何故か敬語と揉《も》み手の彼を不思議に思いながらも、クロエは経緯を口にする。

「えっと、私、ロイドさんの家で家政婦をしているクロエと申します。ロイドさんがお弁当を家に忘れてしまったので、届けに来たのですが……」

「ああ、ロイドの家の家政婦……って、ロイドの⁉」

ぎょぎょぎょっと、門番二人はひっくり返ってしまいそうなほどの驚きを見せた。

「ロイドさんをご存じなのですか？」

「ええ、ええ、もちろんです！」

先ほどとは別種の興奮を伴って、門番は言う。

「僕たちは第一騎士団所属じゃないんですが、王国屈指の騎士として数々の伝説を残してきた、ロイドさんの噂《うわさ》はもうかねがね……」

「な、なるほど……凄いですね、ロイドさん……」

ロイドの名前を出すだけでこんなにも大きなリアクションが返ってくるとは思っておらず、クロエは感嘆してしまう。

それとは別に、何故かちょっぴり嬉《うれ》しいような、誇らしいような気持ちも抱いた。

（さすが、本当に有名人なんですね……）

ただ一点勘違いとして、門番が驚いている理由は『こんな可愛らしい子があのロイドの家の家政婦……!?』という部分であったが。

「それで、私はどうすれば良いでしょうか?」

改めて、クロエは尋ねる。

「関係者以外入れないようでしたら、このお弁当をお届けするのだけでもお願いしたいのですが……」

「えっと、入れます、入れます！　今は別に有事でもないので、王城の一部区間は国民の交遊スペースとして一般開放されていますし……」

「そうなんですね、よかったぁ……」

とりあえず、門前払いは避けることができそうだ。

ほっと安堵《あんど》の息をつくクロエに、門番の頬も思わず緩む。

「と、とにかく、ロイドさんの下へは僕が責任を持って案内します。そろそろ入団式が終わって、訓練場に戻ってくる日程になっていたはずなので」

「あ、ありがとうございます、よろしくお願いします！」

そうしてクロエは、簡単な持ち物検査とボディチェックを受け、王城への入城許可の手続きを終えてから、城の中へ通されたのであった。

◇◇◇

兵士に連れられてきた場所は、王城の中でもかなり奥に入った所にある第一騎士団の訓練場。

見るからに潤沢な資金で作られたであろう施設に、クロエは思わず感嘆の息を漏らした。

本来であれば訓練場に入るには諸々の手続きが必要だ。

だが、危険物も持っていない上に蚊も殺せなさそうな雰囲気のクロエなら大丈夫だろうという判断で、簡易的な手続きで入場する事ができた。

「こちらで少々お待ちください」

そう言って、訓練場のそばにある待合スペースの椅子に座らされる。

「はい！　ご案内ありがとうございました。親切にしてくださって、とても助かりました」

クロエがぺこりと頭を下げると、兵士の頬が思わず緩む。

しかしすぐにハッとして気を引き締めた後。

「窮屈な思いをさせて申し訳ございませんが、念の為ロイドさんが来られるまで自分はこちらで待機させていただきます」

「いえいえ、窮屈だなんてとんでもないです。素性も証明できていない私を一人にするのは良くないですしね」

「お心遣いありがとうございます。見張りというほど大仰なものではありませんが、一応、規則には則らさせてください」

兵士は敬礼し、クロエの二歩ほど後ろに下がる。

何はともあれ、ロイドの職場に入ることができて良かったとクロエはホッと息をついた。

「ここが、ロイドさんの職場……」

ぽつりと呟くと、どこからか漂ってきた鉄の匂いが鼻をくすぐる。

きょろきょろと、クロエはあたりを見渡した。

訓練場全体を囲む大きな宿舎。

大きな広場に設置された円状のスペースには、ぐるりと観客席が設置されている。

おそらく、このスペースで騎士たちが剣を交えるのだろうとクロエは予測した。

初めての土地に来た猫のように首を動かすクロエを見て、兵士が口を開く。

「気になるのでしたら、見学していただいても構いませんよ」

「いいのですか？」

「ええ、もちろん。今はまだ誰も訓練場を使っていませんし。私の目の届く範囲であれば、問題ございませんよ」

「ありがとうございます！　では、遠慮なく……」

クロエは立ち上がる。

兵士の配慮に甘えて、クロエは訓練場を見て回った。

騎士の訓練場だなんて、滅多に見学できるものではない。

それぞれの施設がどんな機能を担っているのかはわからないが、見るもの全てが新鮮でクロエはしきりに頷いて回る。

そんなオーバーなリアクションを披露するクロエを、兵士は何か微笑《ほほえ》ましそうなものを見るような視線で眺め……もとい見張っていた。

どのくらい訓練場を見学していただろうか。

トコトコと、外へと繋《つな》がる通路をクロエが歩いていたその時。

「誰だい、君は？」

唐突に声をかけられて、クロエは「ぴゃいっ」と身を跳ねさせる。振り向くとそこには……白い騎士服を着た白髪の男性が、訝《いぶか》しげな視線をこちらに向けて立っていた。

◇◇◇

（お若い方……）

青年に対するクロエの第一印象はそんな感じだった。

若いという表現は、この第一騎士団という場所に対してという意味である。

十六の自分と比べると同じくらいか、一つか二つ上だろうと思った。

少年ぽさを残した顔立ち、短く切り揃えた白髪に、琥珀色の強い瞳。

身長はロイドより少し低いくらいだが、クロエと比べるとずっと高かった。

服はフレディが着ていたような白い騎士服だが、至る所にアクセサリーやら貴金属をつけているせいか何やら趣味の悪い服になってしまっているように見えた。

「それで、君は誰だい？　第一騎士団の関係者？」

訊《き》かれて、反射的にクロエは彼がロイドの同僚だと判断し慌てて頭を下げた。

「は、初めまして、クロエと申します。本日は所用がありましてこちらに……」

「ふうん、クロエか。悪くない名だね」

クロエの素性など興味がないと言わんばかりに言葉を被せてくる青年。

何処か高圧的な物言いにクロエは思わず後退《あとずさ》りしそうになる。

「あの……失礼ながら、お名前をお伺いしても？」

「僕か？　僕の名はルーク・ギムル！　誉ある騎士学園を主席で卒業した、第一騎士団の期待の新人だよ」

「は、はあ……ルーク様、ですね。よろしくお願いします」

念の為『様』付けをし、社交辞令的な流れでクロエが頭を下げる。

するとルークは、意外そうに目を丸めた。

「……あの？」

反応の意図が汲《く》み取れず、クロエが首を傾げると。

「その様子だと、ギムル家を知らないようだね」

どこか面白くなさそうに言うルークに、クロエの肩がびくりと震える。

「申し訳ございません、存じ上げておらず……」

「王都に住んでいたら大抵名を聞く家名だと思うけどなー。もしかしてクロエ、王都に住んでないとか？」

「い、いえ……王都に住んでいます」

いきなりの呼び捨てに少々面食らいつつも、おそらく彼は位の高い貴族の方なんだろうと察する。

「ふうん、そっか。じゃあ、最近辺境のド田舎から引っ越してきたとか？」

ルークの言葉に、クロエはビクッと肩を震わせる。

「そそ……そんなことはありませんよ。平民の身なので、貴族事情に疎いといいますか……」

「平民⁉　その顔で？」

ぎょっとルークが表情に驚愕《きょうがく》を浮かべる。

彼の驚愕も無理はない。血統は生粋の貴族であるクロエの容姿は元々レベルが高く、かつ今日は、目一杯洒落《しゃれ》込《こ》んできている。

そこらへんの上級貴族の令嬢と比べても遜色ないどころか、下手したら社交界で常に話題になるほどの容貌をクロエはしていた。

「平民とは勿体《もったい》ない、なかなかのものだと思うけどねー」

クロエの全身に、ルークはジロジロと視線を這《は》わせる。

（この方、苦手かも……）

他人にマイナスな印象を滅多に持たないクロエだったが、ルークに対してはそう思わざるを得なかった。実家にいた、自分に対し悪意を含んだ視線を向けてくる者たちと系統が似ているというか。

少なくとも、ロイドやフレディといった第一騎士団に所属している人たちの、礼節を重んじる雰囲気とは真逆に感じた。

失礼を承知で言えば、品がない。どこか粗暴な香りをクロエは敏感に感じ取っていた。

そんなクロエの胸襟などお構いなしにルークは言う。

「なかなか面白い奴だ、気に入った。入団式が退屈すぎて途中で抜け出してきたけど、これは良い出会いをしたよ」

「は、はあ……ありがとうございます？」

「平民の立場でありながらその美貌、なかなかのものだよ。今なら僕の愛人たちの一員に加えてやっても良い」

「アイ、ジン？」

一体この人は何を言っているのだろうと、頭が追いつかないクロエ。

男女間の関係に疎いクロエには、ルークの言葉が理解できなかったが、了承したら自分がとてつもなく嫌な目に遭いそうという拒否感に近い感覚はあった。

「どう？」

「え、いや、あの……」

ずいっと踏み出してくるルークに、クロエは思わず一歩下がる。

助けを求めるように兵士に視線を向ける。

クロエが困っていることは一目瞭然で、兵士はハッとした様子で声を上げた。

「こ、こらっ……その辺にしておきなさい。クロエさんが困っているじゃないか」

「黙れ、平民上がりの騎士風情が」

クロエに向けていた態度から一転。ぎろりと、兵士を強い瞳で睨みつけるルーク。

低く、底冷えするような声に、兵士はおろかクロエまで身を縮こまらせた。

「僕に口を利ける立場だと本気で思っているのか？　ギムル家の次期当主であるこの僕がその気になれば、お前が明日から路頭に迷うようにすることなぞ造作もないことだぞ？」

兵士ににじり寄りながらルークは言う。見るからにルークの方が年下で体格的には兵士の方が大きいのに、全身に纏《まと》う自信と態度の大きさは尋常ではなかった。

「も、申し訳ございません、決してそのようなことは……」

「懸命な判断だ」

慌てて頭を下げる兵士に、ルークは「ふん」と鼻を鳴らす。

権力を笠に着て他人に圧をかける態度に、クロエは怖《お》じ恐れた。

もはや、ルークに対する印象は地の底にまで落ちていた。

「さて、邪魔者はいなくなった」

にこりと笑って、ルークがクロエに向き直る。

フラットに見れば、今まで何人もの女性を落としてきたであろう端正な笑顔。

しかし先ほどからの豹変《ひょうへん》っぷりを目にしていると、取ってつけたような笑顔に思えてクロエは恐怖を感じた。

「とりあえず、まずはお互いを知ることから始めよう。手始めに、これからお茶でもしに行かないか？」

そう言って、ルークが手を伸ばしてくる。

「いやっ、やめてくださいっ……」

生理的に無理という感情を咄嗟《とっさ》に抱いて、短い悲鳴が口に出てしまった。

今すぐここから逃げ出したい衝動に駆られたが、身体が凍りついたように動かない。

(ロイドさん……!!)

その名を心の中で叫んだその時。

「クロエか?」

今、最も来て欲しかった人の声がクロエの鼓膜を震わせた。

◇◇◇

「クロエか?」

その声を聞いて、その姿を目にした途端。

先ほどまで凍りついていたクロエの身体が、魔法が解けたように自由になった。

「こらルーク！　途中で入団式を抜け出したと思ったらナンパだなんて、何考えてんだ！」

野太い怒声が向こうから聞こえてくる。

「ちっ……」

とルークが舌打ちして気を離した隙に、クロエはたたっと駆けてロイドの下へ向かった。

「ロイドさん……!!」

思わずそのまま抱き着きそうになるのを寸前のところで耐える。

「なぜ君がここに?」

前までやってきたクロエに、ロイドが素朴な疑問を投げかける。

「突然お訪ねしてごめんなさい。お弁当を忘れていたので、届けに来ました」

そう言ってクロエは、布袋に入った弁当を差し出した。

ロイドが合点のいったように頷く。

「ああ、なるほど……すまない、面倒をかけた」

「いえいえっ……私こそ、お渡しするのを忘れていて本当にごめんなさい」

深々と頭を下げるクロエに、ロイドは「気にするな」と声をかける。

「俺も、弁当を忘れていたことに気づいてどうしようかと困っていたところだ。だから助かった、ありがとう」

「ロイドさん……」

ロイドに褒められて、クロエがほっこりしていると。

「やあやあクロエちゃん、久しぶり」

「あ、フレディさん、こんにちは!」

ロイドの後ろからやってきたフレディにも、クロエは頭を下げる。

そんなクロエの格好をぱっと見てからフレディは言う。

「それにしても、今日はえらく綺麗《きれい》だね」

「ほ、本当ですか？　ありがとうございます！　さすがに、王城をお訪ねするとなると、変な格好はできないなと思って……」

「そんな気を張らなくてもいいよ。男しかいないむさくるしい場所だし」

肩を竦めてフレディが笑う。

その後ろからゾロゾロと、騎士服に身を包んだ男たちがやってきた。

皆それぞれ屈強だったり、引き締まっていたりと、一目でこの国を守る騎士たちだとわかる。

そんな男たちは「なんだなんだ」とクロエに視線を向けてきた。

「す、すみません。私、このままいたらお邪魔ですよね」

焦った様子のクロエ。

「邪魔というわけではないが」

ふむ……考え込んでからロイドは言う。

「昼食が済み次第、通常訓練に入るからいてもつまらないと思う」

「通常訓練っ……」

どこか弾みのある声を漏らすクロエ。

家の庭で鍛錬する以外のロイドが剣を振るう姿を目にすることができるという興奮が湧き出ていた。

「興味あるのか？」

「いえ！　そんなそんな……」

ぶんぶんとクロエは頭を振る。

ここで「ある」と答えたら、ロイドはなんとかしそうな気がした。

だがさすがに、部外者である自分がこのまま居座るのは良くないとクロエは判断する。

「お弁当は渡せたので、そろそろ帰ります。ロイドさんは気にせず、訓練頑張ってください」

「そうか」

相変わらずの無表情で言うロイドだったが……どことなく残念そうにも見えた。

その時。

「ちょっと待てよ」

低い声。

「何？　アンタら、知り合い？」

クロエとロイドの一連の流れを見ていたルークが、面白くなさそうな表情で尋ねる。

「クロエは俺の家の家政婦だ」

「家政婦！　へえー、なるほど……」

先ほどクロエがロイドに渡した布袋を見遣って、ルークは頷く。

「何か、問題でも？」

「別に問題はないさ。ただ、不釣り合いだなと思って」

「不釣り合い？」

ロイドが眉を顰めると、ルークは得意げな笑みを浮かべてクロエに歩み寄る。

「騎士爵ごときに君のような可愛い家政婦は似合わないよ。どうだい？　うちに来る気はないかい？　我が屋敷の家政婦になれば、そこの貧乏な騎士なんかよりも多くの給金を出せるよ」

ルークの言葉に、クロエの胸にモヤッとした感情が湧き起こった。

騎士爵ごとき。貧乏な騎士。それらの言葉は、ロイドに対する明らかな侮蔑だ。

胸に湧いた感情はたちまちのうちに熱を帯びていく。

普段は温厚で優しいクロエだったが、珍しく確かな怒りの感情を抱いた。

しかし、一方のロイドはそんな言葉なんぞどこ吹く風といった様相でクロエに尋ねる。

「彼とは知り合いか？」

「いえ、先ほど話しかけられたばかりです」

「なるほど」

ピリッとしたクロエの声を聞いて、ロイドは察したように息をついた。

「不快な思いをさせてすまない。彼は誰かまわず女性に話しかける癖があるようでな。第一騎士団の一員として謝罪をする」

「大丈夫ですよ、特に何か実害があったわけでもないので……」

不快な思いをした事は確かだが、それをいちいち口にするほどクロエの心は狭くない。

「あとはこちらで対処する。クロエは家に戻っていてくれ」

「は、はい！　ありがとうございます、では……」

「ちょっと待てよ！　まだクロエとの話が終わっていない！」

そそくさと場を去ろうとするクロエに、ルークが声を張り上げる。

どこか面倒臭そうな表情で、ロイドはクロエに尋ねた。

「何か、彼と話すことはあるか？」

「いいえ、全く」

反射的に答えてしまってから、クロエはハッとする。

ルークに対する感情がそのまま出てしまったことに後から気づいても、時すでに遅し。

フレディが「くくく……フラれてやんの」と肩を震わせて笑う。

流れを見ていた男たちも、「ざまあねえな」と言わんばかりのニヤニヤ顔を浮かべていた。

「くっ……この……」

案の定、プライドが山よりも高いルークは顔を真っ赤にして怒りを滲ませた。

平民ごときが俺を馬鹿にしやがってと、顔に書いてある。

このまま怒りに身体を震わせるだけなら良かったものの、ルークは思いもよらぬ行動をとった。

腰の剣をスラリと抜き、ロイドに向けて声高々に叫んだのだ。

「ロイド・スチュアート！　僕と勝負しろ！」

◇◇◇

「た、大変なことになってしまいました……」

訓練場のフィールドを見渡せる見物席で、クロエはぽつりと呟く。

ルークがロイドに唐突な決闘をふっかけたのはほんの十分ほど前。

最初、ロイドは「訓練場を私情で使うことは許されない」と拒否していたが、フレディの「これからどうせ昼休みだし別にいいんじゃない？　新入団員の自主練ってことで」という言葉によりすんなりと了承。

上司が許可をするならと、渋々といった様子でロイドは試合に臨むことに。

ノリが軽いとはいえ立場上、規律に厳しいフレディが了承するとは思っていなかった。

しかし木刀を取りに行くロイドの肩をフレディが叩いて「頼んだぞ」と言っていたので、彼なりに何か意図があるのかもしれない。

こうして、あれよあれよの間にロイドVSルークの試合が決定してしまった。

「おい！　期待の新人とロイドがやり合うってよ！」

「どっちが勝つと思う？」

「さすがにロイドじゃねえか？」

「いやでも、新人の方も学園に在籍中に殊勲章を授与されるほどの手練《てだ》れだとか」

「殊勲章！　そりゃすげえ！」

見物席にはクロエの他にも人だかりができていた。

〝漆黒の死神〟と呼ばれる、王国屈指の剣士ロイド。

そして今年の騎士学園主席、期待の新人ルークとの一戦ともなれば、第一騎士団所属の騎士たちにとって昼食よりも大事なイベントだった。

一方のクロエは気が気でなかった。

（ロイドさん、大丈夫でしょうか……）

両手を祈るように握り締め、固く結んだ唇を震わせている。

もしロイドが怪我でもしたらとハラハラドキドキだった。

「そんなに心配しなくても大丈夫だよ」

隣に座るフレディが呑気《のんき》な声で言う。

「フレディさん、でも……」

「使用する剣はお互いに木製だから、殺傷能力はほぼない。それに……」

スッと目を細めて、静かにフレディは言う。

「ロイドは本当に、強いから」

フレディの言葉で、思い出す。

初めて王都に来て、チンピラから助けてもらった時のことを。

フレディの家での夕食後、公園でガラの悪い男たちに襲撃された際のロイドの立ち回りを。

ロイドの戦闘力は一級品で、誰に対しても負けないのではという安心感があった。

加えて、ロイドが毎日家に帰っても夜な夜な剣の素振りを欠かさないのを、クロエはその目で見てきている。

「そう、ですね……」

表情から弱気を取り除き、ぎゅっと拳を胸の前で握ってからクロエは言う。

「ロイドさん、頑張れ」

心の底から応援している様子のクロエに、フレディは微笑ましげに口元を緩めた。

一方、フィールドでは無表情のロイドと、抗戦的な笑みを浮かべるルークが対峙《たいじ》している。

二人は重そうな騎士服から、動きやすい試合着に着替えていた。

「逃げずに決闘を受けたことは褒めてあげるよ」

相変わらずの上から目線のルーク。

「まだ朝食が胃に残っていてな。せっかく届けてくれた弁当を美味しく食べるために、少し身体を動かしておこうと思った。それだけだ」

どこか煽《あお》るような口調でロイドが返すと、ルークは「ちっ」と舌打ち。

「舐《な》めた口利きやがって……二度と飯を食えない身体にしてやるよ」

「ちょうど良い。俺も、お前の腐った性根を叩き斬ってやろう」

睨みを利かせる二人。

そんな中、ルークが見物席を見遣って言う。

「僕が勝ったら、お前のところの家政婦を好きにさせろ」

「良いだろう」

ロイドの返答に、ルークが眉を寄せる。

「了承していいのか？　彼女は、お前のお気に入りだろう？」

「心配には及ばない」

力強くロイドは言葉を口にする。

「俺が負けることは、一もあり得ない」

「言うねえ……そうでなくっちゃ」

面白くなってきたと言わんばかりに、ルークが笑みを浮かべる。

「俺が勝ったら、俺に絶対の服従を誓え」

「いいよ」

「お前こそ、良いのか？」

「僕が負ける事も、あり得ないからね」

「自信があるのは良いことだ」

バチバチと激しい視線を交わす二人。

やがて審判役の男がやってきて、ルールを説明し始める。

「それでは試合を開始する。勝利条件は相手の武器の破壊、もしくは相手が参ったと言うまで。大きな怪我や命に関わる攻撃が入った場合は、こちらの一存で試合を中断する。準備はいいか？」

「いつでもいいぜ！」

「問題ない」

「では、配置につけ」

審判の言葉に従って、ロイドとルークが所定の位置に移動する。

フィールドには白線で目印が引かれており、そこが開始位置として定められているようだった。

ロイドとルークが、お互いに剣を抜いたのを確認してから男が手を上げる。

そして、思い切り振り下ろした。

「始め！」

◇◇◇

試合開始後、すぐにルークが駆けた。

本来であればお互いに剣を抜いた後、しばらく探りを入れ合うのがセオリーだが、ルークはお構いなしとばかりにロイドへと斬り掛かった。

「ふっ‼」

短い声と共に振り抜かれた剣先がロイドに迫る。

まずは小手調べとばかりに、威力よりもスピード重視した攻撃。

「奇襲攻撃か、悪くない」

感心したような言葉の後、ロイドは剣を抜く。

身体をずらして避《よ》けるにはギリギリと判断し、ロイドは剣でルークの攻撃を受けた。

鈍い衝撃音が訓練場に響き渡る。

木製の剣にもかかわらず火花が散り、空気がぞわりと揺らいだ。

奇襲の一撃がロイドに防がれたとわかると、ルークは一度引いて距離を取った。

ロイドよりルークの方が少しばかり背が低いとはいえ、体格はほぼ同じ。

しかも、ルークの方は駆けながら振り抜いた分、威力は増幅しているはずだ。

にも関わらず、ロイドは開始位置から一歩たりとも動いていない。

（なんて体幹……大木に剣を打ち込んだみたいだった……）

スピード重視で最大の威力ではないとはいえ、その防御力には瞠目《どうもく》する。

冷たい汗を一筋流すルークに、ロイドは涼しい顔で言った。

「威力も申し分ない。首席の名は伊達《だて》じゃないようだな」

「……そりゃどうも」

ルークの顔つきが変わる。素行が悪くちゃらんぽらんな気質のルークとて、王国一の騎士養成機関を主席で卒業した実力者だ。

先ほどの一撃で、ルークはロイドの強さの片鱗《へんりん》を確かに感じ取っていた。

「どうした、来ないのか？」

「言われなくても……!!」

中断の構えから再びルークが疾走する。

今度は威力重視の渾身《こんしん》の一撃。

「うおおおっ!!」

思い切り踏み込み一閃《いっせん》。

しかしその攻撃はロイドが身体を僅かにずらすことで躱《かわ》された。

「スピードを犠牲にしたら避けられるぞ」

「ちいっ……!!」

心を見透かされたような物言いに、ルークの頭が熱を帯びる。

すぐに体勢を立て直し二撃目、三撃目を放つも、ロイドは最小限の動きで攻撃を回避した。

「剣術のお手本のような振りだな。学校で教科書をたくさん読んできたのはわかるぞ」

「軽口叩いてる暇はあるのか……!?」

「片腕でランチを楽しむ余裕はありそうだ」

「ほざけっ……!!」

引き続きルークはロイドに攻撃を仕掛けるも、全て軽々と躱されてしまう。

縦から振り下ろす攻撃は身体をずらして回避され、腹部を横から裂く剣筋は跳躍で回避。

胸を突こうとしても、剣で軌道を変えられてしまった。

「くそっ……卑怯《ひきょう》だぞ！　避けてばかりいないで反撃しろ！」

「反撃に値する攻撃を仕掛けてくれればな」

「このっ……!!」

もはや力の差は歴然だった。

何度も剣を振り上げ、ロイドに攻撃を仕掛けるルーク。

ルークの攻撃も速く、威力も高いことはそばから見ていてもわかる。

だがそれ以上に、ロイドの回避能力が異常すぎた。

ルークから放たれる斬撃の全てを最小限の動きで躱す様は、もはや芸術的ですらあった。

若く武芸に優れてはいても体力は有限である。

どんな攻撃を放っても当たらない焦りと疲労により、彼の剣筋から少しずつ力が失われていく。

どのくらい攻防が続いたであろうか。

「はー……はー……」

すっかり息が上がってしまい、ルークは思わず膝をついた。

顔からは汗が流れ、浅い呼吸を何度も繰り返している。

「どうした、もう終わりか？」

一方のロイドは一滴も汗を掻いた様子もない。涼しい顔でルークを見下ろしていた。

その時、見物していた誰かがぽつりと言う。

「見ろよ、ロイドの奴……試合が始まった時と位置が変わってないぞ……」

「マジかよ……あいつ、本当に人間か？」

言葉の通り、ロイドは試合開始時の定位置である目印の上から一歩も動いていない。

ルークの攻撃を全てその場で回避したのだ。

「す、ごい……」

一連の攻防を観ていたクロエが、思わず呟く。本気を出していなかったのは、クロエでもわかった。

赤子の手を捻るようとは、まさにこの事だった。

ほうっ、とクロエの口から感嘆の息が漏れる。胸の辺りが熱くなるような高揚感。

ロイドの強さは認識していたが、これほどまでとは思わなかった。

（カッコいい……）

派手な剣舞や技があったわけではない。

しかし相手の攻撃の全てを躱し、受け流し、無傷のまま立ち続けるロイドから圧倒的な〝強さ〟を感じて……ただただ純粋に、カッコいいと思った。

「なあ……もうこれ、勝負ついたんじゃね？」

「だなー。やっぱりロイドが最強だったって話で終わりってことね」

「騎士学園の首席と聞いてどんな強い奴がって思ったけど、案外大したことなさそうだな……」

見物席からヒソヒソと、ルークに対する評価の言葉が上がる。

これから共に切磋琢磨《せっさたくま》することになる団員たちの前で醜態を晒《さら》し、ルークの矜持《きょうじ》はズタズタだった。

「これはもう、勝負アリということでいいかな？」

同じような心持ちだったらしい審判が言うが。

「ふざけるな……」

剣を持つ腕に力を込めるルーク。

「ふざけるな、ふざけるな、ふざけるな……‼」

全身を纏う沸々とした怒り。

顔は、はち切れんばかりに熱く、今にも心臓が爆発しそうだった。

「ギムル家次期当主のこの僕が……騎士爵ごときに負けるわけにはいかねーんだよ‼」

力を振り絞ってルークが立ち上がる。

ほう、とロイドは口元に小さく笑みを浮かべた。

「面白い。その気迫は評価してやろう」

かかってこいと言わんばかりに剣を構えるロイド。

そのロイドに対し一歩、二歩踏み出したその時。

ルークが懐から——短剣を取り出した。

「む……」

突如として出現した暗器にロイドが眉を顰める。

その刹那、ルークが短剣を投擲《とうてき》する構えをとった。

「なっ、汚ねえ！」

誰かが叫んだ。

「ロ、ロイドさん‼」

反射的にクロエも叫ぶ。

「馬鹿だなあ」

フレディだけは、鼻で笑うように言った。

「食らえ!!」

ルークの声と共に放たれた短剣がロイドへと飛翔《ひしょう》する。剣筋とは比較にならないスピードで飛来する短剣となると、さすがに回避のモーションが大ぶりにならざるを得ない。

そこで体勢が崩れた隙を狙って一撃を食らわそうというのが、ルークの魂胆であった。

しかし……ロイドは、ルークの予想しなかった動きを選択した。

「シッ……!!」

短い掛け声と共に一閃。

ゴッ!! と鈍い音を立てて、短剣が木製の剣の腹に刺さる。

切先は木製の剣を貫いたが、剣身の半分くらいのところで止まった。

ほんの数センチずれていたら、ロイド自身にぶっ刺さっていただろう。

「なっ……!?」

迫り来る短剣を反剣の腹で受けるという、神技に等しい防御を披露したロイドにルークの思考が硬直する。見物客の面々も、今の一瞬の間に何が起こったのか理解するのに時を要した。

審判も呆気《あっけ》に取られており、試合を中断する事を忘れているようだった。

「ルール違反だ」

そこで初めて、ロイドが目印から動いた。

俊足。ロイドがルークへと一気に駆ける。

両手で剣を持ち、攻撃態勢へ。

「くっ……!!」

ルークは慌てて剣を構え直そうとするも、思考を止めていた時間がロスとなり、もはや防御は間に合わない。いつの間にかルークの前まで踏み込んだロイドの、目にも止まらぬ一閃。

短剣が刺さった方の剣の腹——つまり、突き出た短剣の持ち手をルークの脇腹に突き刺した。

「ぐえええっ!!」

大罪人に制裁を下すかのような一撃。自分が放った短剣の持ち手が防具で覆われていない脇腹にめり込んで、ルークは痛みに崩れ落ちた。

「痛い!!　ああクソ痛い……!!」

脇腹を押さえたまま転げ回るルークを見下ろして、ロイドは冷たく言う。

「審判、判定は？」

「あっ、ああ……」

バッと、審判が右手を上げて宣言する。

「しょ、勝者、ロイド！」

うおおおおおおおお！！！

会場が沸く。神技的防御からの目にも留《と》まらぬ反撃。そして一瞬でルークを戦闘不能にした一連の動きに、騎士たちは興奮を抑えきれないようだった。

「す、凄い……!!　勝ちましたっ……勝っちゃいました！」

立ち上がって、わーぱちぱちと手を叩くクロエを微笑ましげに眺めながらフレディは言う。

「ロイドの何が凄いかって、身体能力や剣の技量もそうなんだけど、一番は〝死〟に対する絶対的な回避能力なんだよね」

「死に対する……?」

首を傾げるクロエにフレディは続ける。

「そう。自分に降りかかる痛みを、死の気配を本能的に察知して回避する能力、とでも言うべきかな。多分、身体が反射的に覚えてしまってるんだよね。相当な死線をくぐり抜けてないと、あの域までは達せないよ」

フレディの言葉に、クロエの胸がきゅっと締まった。

ロイドの強さの正体は、彼が幼い頃から死と隣り合わせの生活を送らされてきたからだとクロエは知っている。

先ほど目にしたロイドの回避術の全てがそれらの経験に基づいていると思うと、言いようのない痛みが胸に走った。

「そんな……まさか、この僕が負けるなんて……」

一方のルークは、脇腹に広がる物理的な痛みに呻《うめ》きながら呟く。

「殺傷能力の高い武器の使用……重大な規則違反だ」

諌めるようなロイドの言葉に、ルークは舌打ちし気まずそうに目を逸らす。

「規則違反に対する処分は副団長に任すとして……昼食前の程良い運動にはなったぞ、良い試合だった」

「ふざけるな……全然本気を出していなかっただろう」

「新人の育成は先輩の役目だからな。良い機会だから、能力を測定させてもらった」

試合内容を思い起こしながら、ロイドは言う。

「剣筋の速さは中の上、重さは中の下、体力は……下の下と言ったところか。まずは走り込みをじっくりやることからスタートだな」

「第一騎士団の中では、僕はまだまだだってことか……」

「そういうことだ。だが……」

ふ、と小さく笑って、ロイドは言う。

「勝ちに対する執着は上の下を与えてやろう。剣術において一番重要な要素だ。俺についてくれば、きっと強くなるぞ」

その言葉に、ルークはふんとそっぽを向く。

「まだ僕は、アンタを認めたわけじゃない」

「アンタじゃない。ロイドさん、だ」

ロイドが手を差し出す。嫌そうな顔をしながらも、ルークはその手を取った。

なんとか立ち上がったルークに、ロイドは言った。

「お前は俺が性根から叩き直してやる。覚悟しておけ」

◇◇◇

その後ルークは、何人かの男に拘束されてどこかへ連れていかれてしまった。

誰も怪我人が出なかったとはいえ、試合中に殺傷能力の高い武器を使うという重大な規則違反を犯している。親が親のため重い処分が降《くだ》ることはないだろうが、こってりと絞られるのは間違いない。

「ロイドさん！」

一方、フィールドから帰ってきたロイドの下へはクロエが飛び付かんばかりの勢いでやってきた。

「大丈夫ですか？　怪我はありませんか？　足を捻っていたりは……」

「落ち着け」

「あうっ」

あわあわしているクロエの額を、ロイドが人差し指でツンっとする。

「無傷だ。なんの問題もない」

ロイドが言うと、クロエは額を押さえたまま「良かったぁ……」と湿った声を漏らした。

よく見ると、目尻には小さく涙が浮かんでいる。

本当に、心の底から心配してくれたのだろう。

それがわかって、ロイドの胸の辺りがほんのりと温かくなった。

「心配をかけてしまって、すまない」

クロエの目元に浮かんだ涙を指でそっと拭ってやる。

「いいえ、大丈夫です」

頭を横に振り、明るくした表情をロイドに向けてクロエは言った。

「ロイドさんが勝つって……私、信じてましたから」

あどけなく、健気なその仕草にロイドの胸がきゅうっと音を立てる。

いつもの癖でそのままクロエの頭に手が伸びそうになったが、さすがに堪えた。

今は大勢の人が周りにいると、自分に言い聞かせる。

代わりに、今自分ができる最大限の笑顔を浮かべてロイドは言った。

「ありがとう」

そんな二人のやりとりを遠巻きに眺めていた同僚たちがヒソヒソと話し合う。

「ロイドって、あんな顔できるんだ……」

「ああ……初めて見たな」

「なんか、意外と優しかったり?」

王国最強の剣士の一人に数えられるほどの強さを持つものの、愛想がなくいつも怖い顔をしていることから、〝漆黒の死神〟と呼ばれ恐れられているロイド。

しかしクロエと接している時の彼の表情は柔らかく、言葉にもどこか温かみがある。

彼はドがつくほど生真面目な性分のため、仕事中は人を寄せ付けないオーラを纏っているものの……本当はとても優しいのではないか。

ロイドがクロエに向ける笑顔を見て、団員たちのロイドに対する印象は確かに変化していた。

「とりあえず、良い方向に向かっているようで何よりだ」

ロイドに対する空気が団内で緩和していることを感じ取って、フレディは笑顔を浮かべる。

本人に自覚はあるかは定かではないが、クロエと過ごしていくうちにロイド自身にも変化が生じていると、フレディは考えていた。

クロエの、他者を思い遣る温かい気持ちに触れ、ロイド自身もクロエを大切に思うようになってから、物腰が柔らかくなっていったのだろうとフレディは推測する。

誰も信用していない一匹狼《いっぴきおおかみ》で、常に周囲に対しピリピリとした緊張感を与えていた頃と比べると劇的に変化していた。

「クロエちゃんのおかげ、かな。やれやれ……」

自分が何年経ってもできなかった事を、あの少女はほんの二ヵ月くらいでやってのけた。

そのことにちょっぴり切ない気持ちを抱きつつも、クロエに感謝の念を送るフレディであった。

◇◇◇

王城から帰宅したクロエは、残りの家事や夕食の準備を済ませ、本を読みながらロイドの帰りを待っていた。

夜遅くになって、ロイドが帰ってきた。心なしかいつもより疲労感の濃いロイドをお風呂に入らせ、一緒に夕食を済ませた後、いつものまったりタイムに入る。

今日は何となくだらだらしたい気分で、クロエはソファに身を埋めていた。

6月の新刊

年5月の新刊 5月10日頃発売

その先に
王子様に溺愛（演技）される～
ト／ボダックス

スタード 2
赤き死の竜―
/so-bin ※画像は第１巻のイラストです。

存戦略 2
薙

いのは
なんだ……！2
／かぼちゃ

出せない悪役令嬢は、
生きることに決めました 2
輝竜 司

月の新刊 6月9日頃発売

ので婚約破棄してもらおうと思ったら、
くるようになりました!?～
ン

れ薬を飲ませてしまいました 2

＼YouTube・TikTok 総再生回数1,000万回突破！／

出版・アニメ業界の
裏側発信中！

アシスタントは声優の石見舞菜香さん！

YouTube TikTok で ドリコムメディア を検索！

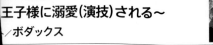

「すまなかった」

ふと、隣に座るロイドから謝罪の言葉がかけられた。

なんに対する謝罪なのかわからず、クロエが首を傾げる。

「今日は色々とバタバタさせてしまったり、クロエに不快な思いをさせてしまった。そもそも俺が弁当を忘れなければ、あんなややこしい事態にはならなかった」

「ああ、なるほど……お気になさらないでください」

全然気にしていませんよと、穏やかな顔でクロエは言う。

「お弁当の件は、私に非がありますので。ルークさんに絡まれた時はちょっぴり驚きはしましたが、特に何をされたわけでもありませんし……むしろ、今日一日楽しかったです。いつもロイドさんが働いている場所を見学できて、フレディさんにも挨拶できて、それに……」

楽しい記憶を思い出すようにクロエは笑って。

「ロイドさんのカッコいいところを見ることができて、なんというか……とても良かったです！」

ルークとの試合の時の興奮を思い出したようなテンションで言うと、ロイドはどこか居心地悪そうに頭を掻いた。ロイドが照れ臭さを感じている時にする動作だと、クロエは知っている。

「私の方こそ……ごめんなさい」

ふと思い出して、クロエは頭を下げた。

今度はロイドが、なんに対する謝罪だと首を傾げている。

「ロイドさん……あの時、あえて攻撃を受けましたよね？」

「あの時？」

「最後の、ルークさんがナイフを投げてきた時です。ロイドさんの回避能力なら、あの距離でも避けられたはずです。避けなかったのは……私がいたから、でしたよね？」

思い出す。あの時、ちょうどロイドの背後の見物席にクロエがいた。

もしロイドが短剣を剣で受け止めずに避けていたら……もしかすると、短剣はそのままクロエの方へ向かっていたかもしれない。

さすがにドンピシャで当たる可能性は低かっただろうが、それでもロイドが剣で防いだことによって、見物席にいた人たちを守ったかたちになる。

しかしクロエは反対に、自分のせいでロイドを危険な目に合わせてしまったと思っていた。

「……気づいていたか」

感心するように息をついてから、ロイドは言葉を並べる。

「それこそ謝る必要はない。国民の身の安全を第一に守るという、騎士として当然の事をしたまでだ」

「それでも……ロイドさんが危険だったことには変わりありません。もし、あとほんの少しズレていたら……」

「だが、結果的に無事だった。なんの問題もない」

「それは、そうかもしれませんが……」

きゅ……とロイドの服の袖を摘んで、クロエは涙を溢すように言う。

「あまり無茶は、しないでくださいね」

「………」

懇願するような声色に、ロイドはようやくクロエの心中を察する。

「……心配をかけて、すまない」

手を伸ばす。安心させるように、クロエの柔らかい髪を撫《な》でる。

「短剣が見えた瞬間に試合中断を申し出るべきだったが、間に合わなかった。回避せずに受け止めたのは、咄嗟の判断だ」

優しく、クロエの肩に手を添える。

「だが俺は、自分の判断を誤りだとは思っていない。もし万が一、あの短剣がクロエを傷つけてしまっていたら……」

想像するのも恐ろしいとばかりに、焦燥した表情でロイドは言う。

「俺は一生、自分の判断を悔やんでいたと思う」

「ロイドさん……」

そっと、ロイドの手に自分の掌を添える。

それから子供を寝かしつけるような優しい声で、クロエは言った。

「安心してください。私は、無事ですよ」

「ああ、そうだな……」

こくりとロイドは頷き、クロエを抱く腕に力を込めた。

「守ってくれて、ありがとうございました」

「どうってことない」

それからしばらく、二人は身を寄せ合っていた。

どのくらい経っただろうか。不意にロイドが口を開いた。

「今思い返すと、あの試合は受けるべきではなかったな……相手にせずに、さっさとクロエを帰していれば、面倒な事にはならなかった」

「私も、ちょっと意外でした。フレディさんの許可があったとはいえ、規則的にも微妙そうな気がしましたし……」

「それはその通りだ。なんと言い表したら良いか、言葉にするのは難しいのだが……」

しばし黙考してから、確かめるような口調でロイドは言う。

「入団式が終わって訓練場に戻ってきた時、ルークに絡まれているクロエを見て……俺は、そこはかとなく嫌な気持ちになった。胸の辺りがもやっとしたと言うか」

「もやっと、ですか？」

困ったように頬を掻いた後、ロイドは言う。

「自分でも、よくわからない。以前、クロエが副団長と話している時は特に何も思わなかったのだが……相手がルークとなると、何故か平静を保てなかった」

ロイドが続ける。

「ルークに勝負をふっかけられた時……受けるべきではないという理性と、痛い目にあわせたいという気持ちの両方が生じて……最終的に、後者に流された」

何故ルークに対しそんな感情を抱いたのか、ロイド自身わかっていないようだった。

雲の中で宝探しをしているような面持ちで、ロイドは言葉を切る。

「すまないな、要領を得ない話で」

「いっ、いえ……そういう時も、ありますよね、あはは……」

一方のクロエも要領を得ない返答をしてしまう。

耳の辺りを朱に染めて、それどころではなかった。女性が自分とは別の男と話していてモヤモヤする要因の心当たりは、クロエの頭には一つしか浮かばなかった。

最近読んだ小説、『騎士と恋』にも似たような展開があった。

想いを寄せている騎士が、別の令嬢から言い寄られている場面を見た主人公。

その際に、主人公が抱いた感情。

小説には、その感情の名前がはっきりと記載されていた。

先ほどのロイドの言葉が本当だとすると、もしかして、もしかすると。

(嫉妬……?)

その言葉を思い浮かべた途端、胸に弾むような気持ちが到来した。両手に抱えきれないほどの『嬉しい』が湧き出てきて、気を抜くと身体を揺らしてしまいそうになる。

「何をにやけているのだ?」

「えっ、あっ……」

指摘されて、クロエは反射的に両頬を押さえた。

すると両の掌から確かな熱が伝わってくる。

「なっ、なんでもありませんっ……」

思わず顔を背けるクロエ。

顔が熱い、心臓が飛び出してきそうなくらい大きく脈打っている。

「……？　そうか？」

首を傾げるロイドの顔を、今は直視する事が出来ない。

（うう……恥ずかしい……）

ロイドに対する『好き』が溢れ出てしまっている。

そのことを、クロエは再度認識してしまうのであった。

第四章　不穏な影

ロイドとルークが王城で戦いを繰り広げた翌日の昼下がり。

王都の大通りにて、カタカタと揺れる馬車が一台。

「やっと着いたわ……」

車窓からおよそ一年ぶりとなる王都の景色を見て、クロエの三つ上の姉リリーは深く息をついた。

背中まで伸ばした燃えるような赤い髪、陶器のように白い肌。身体つきは男性を惹《ひ》きつけるように出るところは出ている。

顔立ちも整ってはいるが、美を追求しすぎた結果化粧が濃くなってしまっており、歪《いびつ》な派手さを纏《まと》っているように見える。

髪色に合わせた豪華な赤いドレスを身に纏い、いかにも貴族の令嬢といった風貌だ。

「全く……辺鄙《へんぴ》な家に生まれたものだわ」

顔に疲労を滲《にじ》ませてリリーはぼやく。ギムル侯爵家の令息から夜会の招待状を貰《もら》い、母から出席の許可を得たは良いもののそこからが大変だった。

実家のあるシャダフは、ローズ王国の中でも国境に近い辺境の領地。

それも、領地全体を高い山々がぐるりと囲っている。

領地自体が北に位置することもあって、冬は雪のため山越えはほぼ不可能。

雪解けのタイミングを見計らって、山を越え谷を越え、馬車に揺られて二週間かけて王都にやってきたのだ。ここまでの道中、雪が残る道で馬車が滑りかけたり、宿のない地帯では、馬車の中で極寒の夜を過ごさなければならなかったりと何度かアクシデントもあった。

しかしそんな苦い思い出も、視界に映る王都の街並みを見ていると遠い彼方《かなた》へ忘れ去ってしまう。代わりに到来しているのは高揚感、そして王都での楽しい日々に対する期待。

行事に乏しいシャダフに住むリリーにとって、王都を訪れるのは一年で数えるほどしかないビッグイベントであった。

「ふふふ……楽しみね……」

準備は万端だった。夜会に参加する者の予習も済ませた。夜会用に新品のドレスも買った。

唯一、心残りがあるとすれば……。

「新しいドレスに刺繍《ししゅう》をさせようと思ったのに……全く、クロエったら一体どこをほっつき歩いているのかしら」

ぎりっと、忌々しそうに歯ぎしりをするリリー。

リリーは口が裂けても言わないが、クロエの施す刺繍は可愛らしく独創性もあるデザインで、夜会に出るたびにちょっとした評判になっていた。

その度にリリーは「これは私が刺したの！」と声高らかにアピールして、自身の女子力の高さを周囲に誇示していたものだ。もちろん、クロエの手柄を横取りしているという自覚や罪悪感など一切ない。

むしろ、なんの取り柄もないクロエの唯一と言って良い特技を皆にお披露目しているのだから、感謝してほしいとすら思っていた。

今回の侯爵家の夜会にこそ、クロエの刺繍が入ったドレスを着ていきたいところだったが、当の本人は行方不明のまま二ヵ月が経過してしまっている。

「自慢するせっかくの機会が一つ失われてしまったわ、本当に腹立たしいわね……」

実の妹だが、心配する気持ちは一切ない。

それどころか、人のドレスを一つ勝手に盗んで逃げだしたクロエに怒りの感情を抱いていた。

「ま、今は考えても仕方がないことね」

行方のわからない妹のことを考えても仕方がない。

リリーは思考を切り替えた。

「まずは観光ね。ふふふ、楽しみだわ」

ギムル家でのパーティまでまだ日がある。

久しぶりに遠慮はるばる王都に来たのだ。

買い物や観光を楽しもうと、リリーは深く頷《うなず》いた。

◇◇◇

「いらっしゃいクロエちゃん！　今日は豚肉が安いよー！」

ある平日の昼下がり。

シエルおばさんの店で買い物をするクロエ。

「豚肉！　いいですねえ……」

「きのこも採れたてで新鮮なのがあるから、一緒に赤ワインで煮込むと美味《おい》しいさね！」

「わあ……絶対に美味しいやつじゃないですか……!!」

今日も今日とて、シエル考案のレシピを頭に思い浮かべてごくりと喉を鳴らしていると。

「おや、クロエさん？」

聞き覚えのある声に振り向く。

「あ！　こんにちは、イアンさん！」

白い肌、柔和な目元にはアンティークな丸眼鏡、中央で分けられた亜麻色の髪。

書店でいつもお世話になっているイアンが、手提げ袋を手に立っていた。

「いらっしゃいイアン！　今日は何を買っていくさね」

「そうですねー、今日も魚が食べたい気分です」

「本当に魚が好きさねー、任せときな！　北海《ほっかい》で水揚げされた美味《うま》いカンパチの切り身なんてどうだい？　バターで焼くと絶品さね！」

「いいですね、カンパチ。バターで焼くなんて最高じゃないですか、是非ください」

「毎度あり！　ちょっと待っててね」

そんなやりとりの後、シエルは魚のコーナーに移動する。

「イアンさんもこのお店、よく来られるんですか？」

「ええ、食材は基本的にこのお店で買っていますね。クロエさんも？」

「はい！　店主さんがとても気さくに話してくれるのと、レシピまで丁寧に教えてくれるので、とても重宝しています」

「わかります。本当に助かりますよね」

「なんだいなんだい、とっても嬉《うれ》しいこと言ってくれるじゃないか」

カンパチの切り身を包んでシエルがやってくる。

「イアンもうちの常連さね！　毎度ありがとうね」

「いえいえこちらこそ、ありがとうございます」

カンパチを受け取ってお会計を済ますイアンを見て、クロエは思わず「ふふっ……」と笑みを溢《こぼ》す。

「どうされました？」

「いえ、なんだかいつもと雰囲気が違うので、新鮮だなって」

「ああ、今日はお休みの日ですからね。ラフな格好にしてます」

そう言うイアンの格好は、書店で着ているきちっとしたワイシャツとカーディガンではなく、シンプルなセーターである。

「そう言うクロエさんも……今日のドレス、とても可愛らしいですね」

「本当ですか？　ありがとうございます！」

褒められて、クロエは嬉しそうに口元を緩める。

今日クロエが着ている服は、姉リリーから拝借した例のドレス。

たまにこうして外出する際に着用している。

「前も見て思ったんだけど、そのドレスの刺繍、とっても可愛いさね。どこで刺してもらったんだい？」

シエルが身を乗り出して、ドレスに施された小鳥の刺繍を見て言う。

「あ、それ自分でやったんです」

「えっ！　これ、クロエちゃんが入れたのかい⁉」

シエルが驚いたように目を見開く。

それからまじまじと、刺繍を見つめて言う。

「す、凄いさね……ステッチの細かさといい、色の使い方といい……王都の高級店に並んでてもおかしくないレベルさね！」

シエルが興奮した様子で言う。

イアンも刺繍を見つめて「これは凄い……」と言葉を漏らしていた。

「あ、ありがとうございます。そんなに褒めていただけて、夜なべしてやった甲斐《かい》がありました」

シエルに褒められて嬉しさ反面、戸惑いもあった。

一般的な目で見るとクロエが施した刺繍のクオリティは、シエルの言う通り王都の高級店にも並ぶレベルだ。しかしクロエからすると、自分の刺繍なんて大したことないという認識があった。

今まで、自分の刺繍を褒められたことなど皆無に等しい。それどころか「センスがない」「もっと可愛くできるでしょう」と低評価の嵐を（主にリリーから）受けてきたためだ。

顎に手を添えて、じっと考え込むように黙り込んだシエル。

「あの……シエルさん？」

声をかけると、シエルはクロエの手を取って真剣な表情で口を開いた。

「クロエちゃん、折言って頼みがあるんだけど聞いてくれるかい？」

「えっ、あ、はい。私でできる事でしたら……」

「私のドレスにも、刺繍をしてくれないかい？」

「あ、それは全然構いませんよ。明日の朝までに！　とかだとちょっと厳しいかもしれませんが……」

「そんな馬鹿げた注文をするわけないさ！　こんな精密な刺繍を一晩で仕上げてくれだなんて、頭のおかしな暴君がやることさね！」

「あ、あはは……そうですよね……」

深夜まで家の家事手伝いを終えたタイミングで「明日の朝までによろしく♪」と平気で無茶振りをしてきた暴君《リリー》の顔が頭に浮かんで、思わず苦笑が漏れる。ロイドの家で家政婦として働くようになって、さすがのクロエも実家での生活はおかしかったことに気づいていた。

ふと、クロエは尋ねる。

「何か、大事な会とかに出席されるんですか？」

「今度、とある貴族のパーティに出席することになってね」

「き、貴族のパーティっ⁉」

ギョッとクロエは目を見開く。

「シエルさん、もしかして貴族の方……？」

「ああ、違う違う。こんな薄汚れた貴族がどこにいるさね」

「ア、アハハ……ソウデスヨネ……」

シエルは冗談のつもりだっただろう。

クロエ自身、つい数ヵ月前は薄汚れどころかそこらに捨てられたボロ雑巾みたいな風貌の貴族だったため、これまた苦い笑いが溢《あふ》れてしまった。

「うちはここら一帯の物品の仕入れ関係を取り仕切ってる商人さね。貴族の方々にもうちのお得意様が多くいて、その関係でパーティに招待されたさね」

「な、なるほど……何はともあれ、シエルさんって凄い人だったんですね」

「いやー、全然さね。私自身は、代々続いている家業を継いだだけさ。ご先祖様に感謝って感じさね」

「それでも、このお店も切り盛りしながら別のお仕事もしているのは、尊敬します！」

「ありがとうね、そう言ってくれると嬉しいよ」

お客さんで賑《にぎ》わうお店を見回して、懐かしむようにシエルは言う。

「この店は道楽みたいなものさ。私は商会の管理よりか現場でお客さんと触れ合っている方が性にあってるから、この店を開いたさね」

あっはっはと豪快に笑った後、クロエに向き直ってシエルは言う。

「脇道に逸れてしまったね。話を戻すと、パーティに着ていく服に何かしらワンポイント欲しいと思っていたところだったんさね。クロエちゃんも忙しいと思うけど、ぜひ私のドレスにも刺繍をして欲しい。もちろんお代は……」

「やります、やらせてください！」

シエルの言葉が終わる前に、クロエは言った。

刺繍を施して欲しい、という申し出があった時点で受けようとクロエは決めていた。

いつもシエルにはお世話になっている分、何か恩返しをしたいという気持ちがあった。

「ありがとう、クロエちゃん！　それじゃあ、明日か明後日《あさって》にでもお店に来ておくれ。その時にドレスを渡すさね」

「わかりました！　どういうデザインがいいかとかは、その時にお聞きしますね」

「本当に助かるよ。とりあえず前払いとして、これとこれ、サービスしてあげる！」

「わわっ……こんなに、いつも本当にありがとうございます！」

袋いっぱいになった食材を見て、クロエは深々と頭を下げる。

予期せぬ形で食材が増えてしまったことに喜ぶ一方で、久しぶりに刺繍ができるのをどこか楽しみにしているクロエであった。

◇◇◇

「ふふん、ふふーん……」

「楽しそうですね」

買い物からの帰り道。鼻歌を奏でるクロエに、イアンが微笑ましそうに言う。

イアンは帰り道が同じだというので、途中まで一緒にという流れになっていた。

「あ、すみません。私ったら、つい」

微《かす》かに赤くした頬を掻《か》いて、クロエは言う。

「家政婦の仕事以外で人に頼み事をされたのは久しぶりなので、ちょっとわくわくしているといいますか」

「家政婦？　クロエさんは、家政婦をしてらっしゃるんですか？」

「あ、そういえば言ってませんでしたね。とある騎士の方の家で、住み込みで家政婦をしています」

「騎士……ああ、なるほどそれで、『騎士と恋』なんですね」

「あっ……そう、ですね、多分、そうだと思います、はい……」

自分の本の好みの源泉を言い当てられて、胸の辺りがこそばゆくなるクロエ。

「その騎士さんは、どんな方なのですか？」

「とってもカッコいい方です！」

鼻息を荒くしてクロエは言う。

「カッコいいだけじゃないんです。強くて、いつも冷静で毅然《きぜん》としてて、ちょっと無愛想で不器用なところもあるんですが、そんなところも可愛いんです。あと、なんといってもとっても優しいんです！　王都に初めて来て、右も左もわからない私を雇ってくださったり、それから……」

途中で、クロエはハッと気づく。

「ご、ごめんなさい、つい夢中になってしまって語りすぎました……」

「いえ、お気になさらず」

小さく息をついてから、イアンは言う。

「クロエさんはその方のことが、大好きなんですね」

「だ、大好きだなんて、そんな……」

耳まで真っ赤にし、クロエは熱くなった頰を押さえる。

言葉では否定しているが、緩み切った表情は素直だった。

（なるほど、そういうことですね……）

クロエの主である騎士の顔も、人柄もイアンは知らない。

しかしクロエの仕草を見れば、その騎士に対してどのような感情を抱いているのは一目瞭然だ。

ちょっぴり残念そうで、どこか諦めを含んだ表情でイアンは言う。

「そりゃ、そうですよね。こんなにも素敵な方なんですから……」

「イアンさん？」

「ああ、いえ、なんでもありませんよ」

一転、イアンは晴れ晴れとした表情で話題を変える。

「そういえば、この前はクッキー、ありがとうございました。とっても美味しかったです」

「どういたしまして。お気に召してくれたようで、何よりです」

「甘さ控えめながらもアーモンドの風味が良くて、癖になる味わいでした。本当に、クロエさんってなんでもできますよね」

「いえいえそんなこと、ぜんぜんないですよ……」

未《いま》だに人に褒められることに慣れていないクロエは、どこか気まずそうに頭を振る。

家政婦の仕事をこなす中で、ロイドからはよく褒められるようになった。

そのおかげで少しずつ、クロエは自分に対し自信を取り戻してきてはいる。

とはいえ、十何年もの日々をかけて家族や使用人たちからの否定というかたちで削られてきた自己肯定感を回復するには、まだまだほど遠い。

こればかりは、ゆっくりと時間をかけていくしかなかった。

そうして歩いてる途中で、いつもの公園に差し掛かる。

「お猿のおねーちゃん！」

聞き覚えのあるわんぱくな声が聞こえてきた。

今日も今日とてゆるふわな洋服を着たミリアが、たたたっとこちらに駆けてきた。

「こんにちは、ミリアちゃん」

「こんにちはー！　そちらのおにーさんは？」

イアンとを見て、ミリアは不思議そうに首を傾げた。

「初めまして、イアンと言います。よろしくね、お嬢さん」

「はじめまして！　ミリアと言います、よろしくお願いします」

ぺこりと勢いよく頭を下げるミリアに、イアンは感心したように頷く。

「とても行儀が良い子ですね」

「そうなんです。ミリアちゃんはとってもしっかりした子なんです」

「えへへー、褒められたー」

クロエが頭を撫《な》でると、ミリアは百点満点の笑顔を浮かべた。

「ミリアちゃん、オセロは今日いないの？」

「いなーい。一緒に公園行こーって誘ったんだけど、ソファでぐでーんってして動いてくれなかったの」

ぶー、と残念そうに頬を膨らましてミリアが言う。

「あはは……猫ちゃんは気まぐれですからねえ……」

微笑ましいエピソードにクロエが思わず笑みを浮かべていると。

「こんにちは、サラさんこんにちは、クロエちゃん」

「あ、サラさんこんにちは！」

ミリアの母、サラは、今日も今日とて、落ち着いた大人の雰囲気を纏っていた。

そんな中、イアンが一歩踏み出してサラに頭を下げる。

「どうもサラさん、お久しぶりです」

「あ、お久しぶりです、イアンさん」

「以前仰ってたお子さんというのはミリアちゃんのことだったんですね」

「そうですそうです、今年で五歳になります」

「可愛らしくて、とても行儀の良い子ですね」

「うふふ、そう言ってもらえると嬉しいですわ」

仲睦まじそうに話す二人に、クロエは尋ねる。

「お二人は知り合いですか？」

「サラさんはうちの常連さんですね」

「ええ、イアンさんの書店にはいつもお世話になっているの」

「なるほど、そうだったんですね」

思わぬ共通点があったことにクロエは驚く。そしてふと、思い出して言った。

「そういえば読みましたよサラさん、『騎士と恋』！」

「まあ！」

ぎゅんっと、サラが勢いよくクロエの方へ振り向く。

「ついに読んだのね！　それでそれで、どうだった？」

「と、とっても面白かったです！」

トーンが三段階ほど上昇したサラの声にたじろぎながらもクロエは答える。

「そうでしょう、そうでしょう……!!」

うんうんと、サラは物凄い速さで首を縦に振る。

いつもはさざ波のようにゆったりとした瞳が、今や星屑《ほしくず》を散りばめた夜空のように輝いていた。

「キャラクターは魅力的で、ストーリーも面白くて……特に最後の展開はとても……うう、言葉足らずでうまく表現できないのがもどかしいです……」

「安心して。言葉なんてなくてもわかるわ。だって私たち、『キシコイ』の絆《きずな》で繋《つな》がっているんだから」

「あ、そういう略称があるんですね」

本当に『キシコイ』が好きなんだなあと、クロエの方まで嬉しくなる。

いつものお淑《しと》やかな雰囲気とは一転して、サラはまるで色恋沙汰で盛り上がる乙女のようだ。

「そういえば」と、サラがイアンにも目を向ける。

「イアンさんも『キシコイ』、読んでらっしゃるのよね？」

「ええ、もちろん。発売されたその日に読みましたよ」

「さすがだわ！　それじゃあ感想会をしましょうよ。絶対に楽しいわっ」

「わー！　いいですね、是非是非！」

「僕でよければ」

サラの情熱に半ば引っ張られるかたちで、三人はベンチに座り『騎士と恋』について感想を言い合った。何度も本を読み返しているらしいサラは、クロエが思いつかなかったような考察や、細かい表現の意味などを語ってくれて、聞いているだけで面白かった。

イアンもさすがはこれまで膨大な本を読んできた書店員といったところか、流暢《りゅうちょう》でとても共感できる感想を流暢に語り、それを聞きながらクロエは、何度も深く頷いてしまう。

クロエも拙い語彙をフルに活用して『キシコイ』の面白かった点を言葉にすると、二人はうんうんと同調してくれた。初めての経験だった。

自分が面白いと思ったものを、他の人も面白いと言ってくれて、その話で盛り上がる。

(あ……これ、楽しいかも……)

すとんと胸に落ちるような感覚。

時間も忘れて、クロエは『キシコイ』について話すのに夢中になった。

喉がカラカラになるまでついつい話し込んでしまい、ミリアが「おかーさんもう帰ろうよー」とつまらなさそうに言うまで、三人は語り合っていた。

「いやはや、久しぶりに本の話題で盛り上がりました。やはり楽しいものですね」

心なしか弾んだ声色でイアンが言う。

「イアンさん、クロエちゃん、ありがとうね。とても楽しかったわ」

「いえいえこちらこそ、凄く楽しかったです！」

「今クロエちゃんが読んでいる本も面白いから、また読み終わったら感想会しましょうね」

「はい、またぜひ！」

サラたちと別れ、しばらく歩いてイアンとも別れて一人になって。

クロエは、自分の胸が小躍りするみたいに弾んでいることに気づいた。

「読書……良い趣味ができましたね」

誰かと、自分の『好き』を共有するのは楽しいと身に染みるクロエであった。

◇◇◇

それから数日経った、ある日の夜。

「何をしているんだ？」

夕食後、リビングのソファでちくちくと針仕事をするクロエに、ロイドが声をかけた。

作業を続けたまま、クロエは返す。

「刺繍です」

「ほう」

すぐ隣に座るロイド。

「シエルさんから頼まれまして」

「いつも話している、行きつけのお店の店主か？」

「そうです！　そのシエルさんです」

「なるほど」

クロエの手元で行われている達人技を見て、ロイドは目を見開いた。

「刺繍について詳しくはないが……これが物凄い技術だということは、わかるぞ」

繊細な指先が滑らかに奏でる動きは、まるでベテランの指揮者のごとし。

「そんな、大したことないですよ。子供の頃からやっているので、身体に染みついているだけです」

言いながらも、クロエの手元では物凄いスピードで刺繍が出来上がっていっている。

王都では『繁栄』の花言葉を持つ、綺麗《きれい》な白い花の刺繍だった。

「前にも話したと思うが、俺は裁縫が大の苦手でな。前に挑戦して、すぐに匙《さじ》を投げた。だから、クロエのその能力は本当に素晴らしいものだと思う」

「ふふ、ありがとうございます。そう言われると、やっぱり照れちゃいますね……」

褒められて、思わずにやけてしまうクロエ。

そんな彼女に、ふとロイドは手を伸ばし……。

「っと……」

「あっ……」

伸ばそうとした手をロイドが引っ込めたのを、クロエは気配で感じ取った。

さすがに、針仕事をしている時に触れるのは危ない。

そんなロイドの考えに気づいて、クロエは一旦針作業を中断する。

それから、そそーっとロイドの方に自分の頭を差し出し、どこか期待するような表情を向けた。

「あー……すまない……」

ぽりぽりと、ロイドが気まずそうに頭を掻いて、クロエが首を傾げる。

ロイドが手を伸ばし、クロエの肩から何かを掬《すく》った。

「肩に糸屑《くず》がついていてな。それを、取ろうと思って……」

「あっ……」

ぼんっと、クロエの顔が熱いお鍋みたいに赤くなった。

「ご、ごめんなさい、私ったら……」

「い、いや、俺の方こそすまん。勘違いさせるようなことをした」

舞い降りる沈黙。どことなく甘酸っぱい空気の中。

「……撫でては、くれないのですか？」

上目遣い気味に、ロイドにもたれかかってクロエが尋ねる。

甘えたな子猫がご主人様におねだりするような仕草に、ロイドの心臓が大きく跳ねる。

特に言葉を交わすこともなく、今度こそロイドは手を伸ばした。

大きくて、剣ダコで硬くなった手が、クロエの柔らかい髪を撫でる。

「えへへ……」

気持ちよさそうな声を漏らすクロエ。

ひと撫でするたびに、クロエの目がだらしなく緩んでいく。

幸福を凝縮したかのようなその表情に、ロイドの口元にも自然と笑みが浮かんだ。

「君は、頭を撫でられるのが好きだな」

「そうですね……好き、だと思います」

ロイドの手に、クロエは自分の頭を控えめに擦り付ける。

「誰かに甘える機会なんて、これまでなかったので」

ぽつりと溢れた声から、寂寥《せきりょう》めいた感情をロイドは敏感に感じ取った
クロエの過去の詳細を、ロイドは知らない。

母親にナイフを向けられて逃げてきたということは以前明かしてくれたが、なぜそんな事態に至ったのか、そもそもの出自はどこでどんな人生を歩んできたのか、ロイドは想像で推し量るしかなかった。だが、さすがのロイドもわかる。

クロエの自己肯定感の低さ、時たま見せる寂しそうな瞳。

クロエの家庭環境は複雑で、周囲に褒められるどころか否定されてきて、誰に頼れる事もなく一人で頑張ってきたのだろうと、ロイドは確信していた。

頭を撫でていた手が、クロエを包み込む。

「ロ、ロイドさん？」

突然の抱擁に、心臓が否応なしに跳ねる。

頬が熱を帯びて朱色に染まった。

ロイドの胸に抱かれたまま狼狽《ろうばい》していると、心に平穏をもたらすような、低く落ち着いた声が降ってくる。

「甘えたくなったら、いつでも甘えるといい。俺の手くらい、借りたくなったらいつでも言ってくれ」

その優しい言葉に、胸の辺りがきゅっと音を立てる。

精神的な自立性は高いクロエだが、やっぱり、誰かに甘えたくなる時はある。

甘えたい盛りに全く甘えられなかったのなら、尚更だ。

今までこうやって、寄りかかれる存在はいなかった。

だからクロエからすると、ロイドの言葉はとてもありがたい。

思わず目頭が熱くなってしまうほどに。

「はい……ありがとうございます」

ほんのり湿った声。

お言葉に甘えて、クロエはしばらくの間ロイドの胸を借りることにした。

とても優しくて、まったりとした時間だった。

◇◇◇

翌日の午前の時間帯。

刺繍を施したドレスを手に、クロエはシエルの店を訪ねた。

お店はまだ営業前で、シエルは露店に品を並べている最中だった。

「おお！　クロエちゃんかい。おっ……その手に持っているのは、もしかして……」

「はい、できました！」

早速、シエルにドレスを確認してもらう。

施された刺繍を目にするや否《いな》や、シエルは「おおっ……」と声を漏らした。

メインの白い花を、可愛らしいフレームが囲ったデザイン。細部まで拘った技巧といい、色味の鮮やかさといい、一目でプロの仕業だとわかるクオリティであった。

「ど、どうでしょうか……?」

「す、凄い出来さね……!」

結果は一目瞭然だった。

凄い凄いと、シエルは色々な角度から刺繍を眺めて感嘆の言葉を口にしている。

「良かった……お気に召してくれたようで、何よりです」

喜んでくれて嬉しい、という気持ちよりも、安心したという気持ちの方が強いクロエであった。

「本当に、期待以上さね。クロエちゃんに頼んで良かったよ」

「ふふ、そう仰っていただけて嬉しいです。私も、久しぶりに針仕事ができて楽しかったです」

実家では、リリーのために何度刺繍を施そうとも褒められることはなかった。

それどころか、お気に召さないと「こんなこともできないなんて」と罵倒を浴びせられた。

今回、シエルに自分の施した刺繍を褒められて、心の底から嬉しいと思ったし、達成感で胸がいっぱいになった。

「ちょっと待つさね。今、お礼を持ってくるから」

そう言ってシエルは一度、お店の裏に引っ込んだ。

(また何かお野菜でも頂けるのでしょうか……いつもたくさん貰ってしまって、申し訳ないな……)

そんな事を思っていると。

「はい、これ。受け取っておくれ」

ぽん、と小袋を手渡された。掌を通じてずっしりとした重みが伝わってくる。

まさかと思いながら中を見ると、かなりの額の硬貨が入っていた。

「こ、こんなに⁉」

ぱっと見、クロエの家政婦のお給金一ヵ月分ほどのお金が入っている。

「と、とてもじゃないですけど、貰えません！　ただでさえいつもたくさんサービスしていただいているのに……申し訳なさすぎます……‼」

慌てて返そうとすると。

「いいや、受け取ってもらうよ」

真剣な表情でシエルは言った。

「自分の安売りはいけないよ、クロエちゃん。良い品物にちゃんとした対価を支払うことは、当たり前さね」

「で、でも、私の刺繡なんか、こんなに大金を頂けるほど大層なものでは……」

「クロエちゃんの刺繡は一級品さね。それは、数々の商品を見てきたこの私が保証する。自信を持つさね」

そう言ってシエルは笑顔で頷いた。商売人という職業柄お金周りにシビアであろうシエルが、お世辞や社交辞令で言ってるわけではないことはわかる。

しばし頭を捻ってうんうんと悩んだ後、最終的に諦めたようなため息をつき、逆に受け取らない方が失礼だと自分に言い聞かせ、クロエはお金を受け取る事にした。

「……わかりました。ありがたく、頂きます」

「うんうん、それがいいさね！」

上機嫌にシエルは頷いた。

「本当に、ありがとうございました」

「それはこちらのセリフだよ。また機会があったら、是非頼みたいさね」

「それはもちろんです！　いつでもお申し付けください」

そんなやりとりを経た後、ついでに今晩の夕食をいくつか購入してからクロエは帰路についた。

ポケットの中で感じる硬貨の重さを感じながら、クロエはたとえようのない充実感を胸に抱いていた。

◇◇◇

「ふふふーん、ふーん……」

「やけに嬉しそうだな」

その日の夕食中。

シエルからサービスで貰った鳥のハーブ焼きに舌鼓を打つクロエに、ロイドが話しかける。

「あ、わかりますか？」

「そんな上機嫌そうな鼻唄を聞けば、誰でもわかるだろう」

「やだっ……私ったらそんな……」

「気づいていなかったのか」

火照《ほて》ったように赤みを帯びた頰を押さえるクロエ。

それからこほんと咳《せき》払いをしてから、クロエは言う。

「この前していた刺繡、シエルさんにとても良いって褒めてもらいまして。それだけでも嬉しかったんですけど……」

立ち上がり、クロエはシエルから貰った小袋を持ってきた。

それから子供が一生懸命作った砂のお城を親に自慢するかのように、ロイドに小袋を見せる。

「報酬だと、こんなに頂いてしまって……」

「ほう……これは凄いな」

目を見開き、ロイドは深く頷いた。

とそこで、今気づいたといった風にクロエがハッとした。

「そもそもお金をもらったことは、すぐにお伝えするべきでしたね。失念しておりました、申し訳ございません」

「いや、気にしないでいい。家政婦以外の仕事で金銭を稼ぐことに特に問題はない。そちらに時間を割かれて家の仕事が疎かになると困るが、クロエに限ってそんなことはないのだろうし」

「ありがとうございます。そうですね、怠けるようなことはしたくありません」

そもそも前提として、実家での仕事量に比べるとロイドの家の仕事量は格段に少ない。

実家にいた頃は、深夜まで家事をした後、朝まで刺繍をやらされるなどということは日常茶飯事だったのだ。だから他にやることが一つ増えたくらいで、万が一にも家事を疎かにする事態にはならないだろう。

クロエの目をまっすぐ見て、ロイドは言う。

「自分が没頭できる事でお金を貰えるのは、俺はとても良いと思う。これからも気にせず、自分の好きな事をすればいい」

「ありがとうございます！　また頼まれたり、気が向いたら……」

そこで、何かを閃《ひらめ》いたようにポンとクロエが手を打った。

「そうだ、ロイドさんの物にも刺繍をしましょう！」

「俺にか？」

「はい！　さすがに仕事着にはどうかと思うので、普段着とか、ハンカチとかにでも……刺繍のワンポイントが増えるだけでもお洒落度《しゃれ》がグッと増すんですよ」

「なるほど、お洒落は大事だな。良い提案だ」

腕を組み、ロイドは深く頷く。

「なら、お願いをしてもいいか？」

「はい！　もちろんです。ロイドさんにはどんな刺繍が合うか、考えておきますね」

「うむ。よろしく頼む」

るんるんと上機嫌そうに、クロエは夕食に戻るのであった。

◇◇◇

「相変わらず見事な手捌《てさば》きだな」

夕食後、リビングでハンカチに刺繍をするクロエの手元を、ロイドが覗《のぞ》き込む。

「それは、剣か？」

「はい。ロイドさんと言えば、やっぱりこれかなと思いまして」

「うむ、いいな。剣士の俺にぴったりだ」

クロエの針作業をじーっと見つめるロイド。

「あ、あまり見られると恥ずかしいですね……」

「ああ、すまない。邪魔だったか」

「いいえ！　全然そのまま見ていただいて大丈夫ですが、あまり面白いものでもないかと」

「そんなことはないぞ。針作業のスキルが赤子ほどもない俺にとっては、とても新鮮な光景だ」

「さすがに赤ちゃんよりかはあるような……」

「剣での戦いであれば負傷することなど滅多にないが、針作業だとたちまちのうちに手先が血塗《ちまみ》れになるだろう」

「よほどですね。まあ、人には得手不得手がありますから……」

そんなやりとりをしている時、ふとロイドが言う。

「やはり、見れば見るほど鮮やかな手捌きだな。ここまでの技量に到達するのに、長い年月、研鑽《けんさん》を重ねてきたのだろうな」

ぴたりと、クロエの手が止まる。

「そう、ですね……」

ロイドの言葉で、思い出す。針仕事を初めてしたのはいつだろうか。

確か、十歳にも満たない子供の頃だったと思う。

破れたドレスを修復しろと母に命じられて、見よう見まねで繕った。

最初は上手くいかなくて、酷い出来になってしまったのを母に怒鳴られたものだ。

それからシャーリーに教わって、少しずつ上達していった。

元々手先は器用な方だったためみるみるうちに上達していき、裁縫の仕事もよく任されるようになった。それに目を見つけた姉リリーが、自分のドレスに刺繍をしろと命令するようになる。

当時はそれが普通だと思っていたから、何度も無茶振りを聞いていたものだった。

思い出すのは眠気と、洗い仕事でボロボロになった手先を針で刺してしまった痛み。

きゅ……とクロエは唇を嚙み締めた。

「どうした、クロエ？」

クロエの表情に影が差したのに、気づいたロイドは尋ねる。

「あ……いや……えっと……」

言葉を詰まらせるクロエの様子を見て、ロイドは何かを察したようで。

「……すまない。嫌な事を思い出させてしまった」

「そんなっ……謝らないでください！」

申し訳なさそうに頭を下げるロイド見て、胸のあたりに痛みが走る。

(元はといえば、私が話していないのが悪いだけなのに……)

今の関係が心地良くて。本当のことを話して、ロイドに嫌われたくなくて。

今まで隠していた、自分のこと。

気が向いた時に言えばいいと言うロイドの言葉に甘えていた。

だからといって、このままずっと目を逸らして、沈黙を続けるのは良くないとは重々わかっている。

どこかで勇気を出さないと、ずっと言えないままだ。

それはあまりにも、こんなにも良くしてくれているロイドに対して失礼だと思った。

(………言おう)

覚悟を、決めた。

「あの、ロイドさん」

「なんだ？」

「実は、お話ししておきたい事がありまして」

「ふむ」

クロエの纏う空気が真面目なものに変化したのを、ロイドは感じ取った。

真剣な面持ちで、ロイドはクロエの次の言葉を待つ。

大きく息を吸い込んで、クロエは言葉を紡ぐ。

「実は、私……」

ずきんと、痛みが走った。

まずは胸。突然、肺に鉛が詰まったかのような痛み。それから、背中。

呪われた子だと、忌み嫌われる象徴となった痣《あざ》のある背中に、燃えるような痛み。

――お前は呪われた子なの！　災いしかもたらさない！　生きてちゃいけない存在なのよ！

身の毛もよだつような声が鼓膜の奥で鳴り響き、頭がぐわんぐわんと揺れる。

話したいのに、話さなきゃいけないのに。言葉が、出てこなくなった。

震える身体を折り曲げて、地面に視線を落としてしまう。

「クロエ？」

異変に気づいたロイドが声をかけるも、クロエは答えることができない。

自分の過去に関する記憶に蓋をして、なるべく考えないようにするのに必死だった。

「おい、どうした、大丈夫か？」

焦りを含んだロイドの声で、ハッとクロエは我に帰った。

気がつくと、痛みは収まっていた。

「な、なんでも……ありません」

良い説明が浮かばなくて、咄嗟《とっさ》にそんな言葉を返してしまう。

「なんでもない風には見えないが……」

「心配かけてごめんなさい。ちょっと……今日は疲れているのかも、しれません」

「……………そうか」

深掘りされたくないという空気を、ロイドは察知したのだろう。

ぽん、とクロエの頭に手を置いて。

「無理は、しないようにな」

ロイドの気遣いに、先ほどとは違う種類の痛みが胸に走った。

「ありがとう、ございます……」

力なく笑い、クロエはそう返すことしかできなかった。

裁縫セットを片付けてから、クロエは立ち上がる。

「今日はもう、休みます」

「ああ、おやすみ。ゆっくり休むといい」

そのやりとりを最後に、クロエは二階へ向かう。

自分の部屋に入るなり、ドアに背を向けて座り込んだ。

「どうして……」

湿った声を漏らして、クロエは顔を両手で覆った。

どうしても何もない。理由は明白だった。母親にナイフを向けられたことがトラウマとなって、包丁が握れなくなったのと同じような症状だろう。

ロイドに自らの過去を話すことに、身体が強い拒否反応を示したのだ。

自分の心の弱さに、クロエは心底情けなくなる。

こんな調子で、いつかロイドに全てを話せるのだろうかと不安になった。

――そんな不安をよそに、『その時』は予期せぬかたちで訪れることとなる。

◇◇◇

金箔《きんぱく》がびっしりと散りばめられた壁に、思わず目を細めてしまうほど眩《まばゆ》いシャンデリア。

王都の一等地にある豪華な屋敷の、一番大きなホール。

その内装の豪華さもさることながら、参加している人々の服装も一級品で、当主の栄華を象徴する煌《きら》びやかさだった。

王国の中でも有数の大貴族として知られるギムル侯爵家。

その当主の主催で開かれた夜会は下位貴族から上位貴族まで幅広く招待されている。この夜会をきっかけに招待された下位貴族が他の招待された上位貴族とお近づきになろうと様々な駆け引きが行われていた。

そんな盛大な賑わいを見せるパーティ会場の、とある一角。

「ルーク様！」

主催の息子、ルークが一人になったタイミングを見計らってリリーが駆け寄る。

「ああ、リリー嬢か。久しぶりだね」

リリーの顔を見て、ルークに笑みが浮かぶ。

二人が顔を合わせるのは今回のパーティで二度目。以前は二年ほど前に、同じく王都でギムル家が主催したパーティにリリーを招待したのがきっかけだった。

「本日はお招きいただきありがとうございました」

「こちらこそ、シャダフから遠路はるばるようこそ。王都に来るのに随分と時を要しただろう」

「いえいえ、とんでもございません。ルーク様とお会いできるなら、ほんの二週間くらいあっという間した」

「ははは、嬉しいことを言ってくれるね」

ルークの微笑みに、リリーは目をうっとりとさせる。

「相変わらず、ルーク様は凛《りん》としていて男らしゅうございます」

「ありがとう。そう言うリリー嬢こそ、変わりないようで何よりだ」

「まあ、ルーク様ったら」

甘い声で囁《ささや》くように言われて、リリー頬がほんのりと朱に染まった。

「そういえばルーク様は、あの映えある第一騎士団に入団されたのですよね？」

「ああ、そうだよ。なんといったって、僕は騎士学園を首席で卒業した選ばれし騎士だからね。第一騎士団への入団は、もはや運命によって定められていたってわけさ」

「凄い！　さすがルーク様ですわ！」

ナルシスト全開で言うルークに、リリーは目に「♡」を浮かべ崇めるように両手を合わせた。

第一騎士団の名声は、辺境の令嬢であるリリーの耳にもしっかりと届いている。

ローズ王国の中でも選《え》りすぐりの騎士が集う最強の戦闘集団。

そこに属しているというだけで、『強さ』を約束されているようなものだ。

まさしく、リリーの異性に求める一番のポイントが『強さ』。

ゆくゆくは、第一騎士団で活躍するような強くてイケメンな騎士様を夫に……などと子供の頃から夢想していたリリーにとって、第一騎士団入団というギムルに対する評価は鰻登《うなぎのぼ》りである。

……実際のところ、辺境の田舎臭い令嬢なんぞ眼中にないルークだったが、公の場でそのような態度を悟られるわけにはいけない。

辺境伯というと、国境の警備にも従事している国の要というポジションの地位でもあるため、ほどほどの関係値を築いておくに越した事はなかった。

そんなルークの胸襟などつゆ知らないリリーは手放しで褒める。

「天才ルーク様にかかれば、名誉高い第一騎士団でもご活躍なさる事間違いなしですわね！」

「うっ……」

リリーが言うと、ルークは何か苦い記憶を思い起こしたように目を逸らした。

「ルーク様？」

「あ、ああ……もちろんさ！　騎士学園を主席で卒業した僕の才能にかかれば、第一騎士団エースになる事は約束されているも同然だね！」

「やっぱり！　さすがはルーク様！」

ルークの纏う空気がどこか虚勢めいていることに気づかず、リリーは賛辞の言葉を送るのであった。

「お話中に失礼致します」

そんな二人の下に、少しお年を召した女性がやってきて深々と頭を下げる。

「お久しぶりでございます、ルーク様。此度《こたび》はお招きいただきありがとうございます」

「ああシエルかい、久しぶりだね。商会の躍進については常々耳にしているよ」

「とんでもございません。ルーク様も、ご卒業後の活躍はかねがね……」

「僕の話はいいよ。ところで、君のところの商品はどれも一級品だね。この前購入させてもらった絵画も、応接間に新たな輝きを与えてくれたよ」

「お褒めに預かり光栄でございます。ルーク様にそう仰っていただけるのは、我が商会一同、大変名誉なことでございます」

そんな二人のやりとりがひと段落したあたりで、リリーがルークに尋ねる。

「こちらの方は?」

シエルはすかさず、リリーに深く頭を下げて言った。

「初めまして、メリクーラ商会の支配人をしております、シエルです。以後、お見知りおきを」

「こちらこそ、初めまして。アルデンヌ辺境伯の長女、リリーです。メリクーラ商会の支配人の方だったのですね。こちらこそ、どうぞよろしくお願い致します」

淑女の礼に則って、リリーも礼を返す。

（ふん、商人か……ただの庶民風情に時間を使うのは勿体《もったい》ないわね）

内心ではそんなことを考えているリリー。

メリクーラ商会は王都の中でも商会御三家に数えられる老舗中の老舗だったが、辺境伯令嬢のリリーにとってはただの一商人にしか映っていない。

適当なところで会話を切り上げようとしていたリリーだったが、シエルのドレスの肩に入れられた刺繍を見てギョッとした。

「こ、これは……!?」

自分が淑女だということを忘れて、リリーは食い入るように刺繍を見つめる。

既視感。

とても、似ている。

（クロエが……私のドレスに刺繍したデザインに……）

「刺繍がどうかしたのかい？」

「あっ……いえ、その……」

慌てて取り繕うリリーを他所《よそ》に、ルークも刺繍を見る。

「ほう……これはなかなか精巧な刺繍だね。さすがはメリクーラ商会の支配人、良い鑑定眼をお持ちだ」

「ありがとうございます。お褒めに預かり光栄です」

「して、どちらで購入されたドレスで？」

ルークが尋ねると、シエルはよくぞ聞いてくれましたと言わんばかりに微笑む。

「実はこちらは、既製品に刺繍したものなのです」

「ほう」

「趣味でお店をやっておりまして。そこに、よく買い物に来てくれる子が刺してくれました」

「それは凄いね。これほどの刺繍を施す技量……その子は、とんでもない才能の持ち主だよ」

「わかります。今は家政婦をしているみたいなのですが、裁縫関係の仕事を勧めようかと思っているくらいです」

他愛ない調子で話す二人の一方、リリーは心ここにあらずといった様子で尋ねる。

「シエルさん……その子は、どんな容貌の子で？」

「とても可愛らしい子ですよ。髪色は薄ピンクで、小柄な子です」

シエルが口にした容貌は、見事にクロエのそれと一致していた。

名前も聞きたいところだったが、現在でもシャダフはクロエが消息不明になったことを隠匿している。社交界には、クロエの名を知っている者もちらほらいるため、変な勘ぐりをされるのは良くないと言葉を飲み込んだ。

（でもまさか、そんなこと……）

あり得ない、と頭が否定する。

しかしあまりにも、デザインがクロエのものと似通っていた。それに加えて容貌まで一致しているとなると、シエルのドレスに刺繍を施した人物がクロエという等式が現実感を帯びてくる。

だがここは王都。実家のあるシャダフから王都まで馬車でも二週間かかる場所だ。

しかもクロエが実家を飛び出したのは二ヵ月前、まだまだ極寒の季節だ。

そんな地獄のような環境の中、クロエはシャダフを囲む険しい山々を超えて、遠くはるばる王都まで走破したというのか？

あり得ないという気持ちと、いやでももしかしたらという気持ちがせめぎ合う。

しかし終《しま》いには、暗闇の中で見つけた一筋の光を辿《たど》るような心持ちで尋ねた。

「差し出がましいお願いで恐縮ですが、シエルさんのお店の場所と、その子が来る時間帯を教えてくれませんか？　私もこの刺繍、大変気に入りまして」

✦第五章 ぜんぶ、話して

リリーがギムル家主催のパーティに参加している一方。

夜、ロイドの家。

「ふう……」

湯船から上がって、クロエは息をつく。

それからタオルで軽く身体を拭いた後、脱衣所へ。

バスタオルを身体に巻いて、クロエはもう一度「はう……」と息をついた。

王都に来て初めて経験したお風呂という催し物は、クロエのお気に入りの習慣になっていた。

クロエが個人的に、お風呂を良いなと思っている理由は二つある。

一つは言わずもがな、疲労の回復。

熱いお湯に全身を浸していると、その日一日の疲れをじんわりと溶かしてくれる。

もう一つは、物事をゆっくり考えられること。

忙しない日常の中では意外とじっくり考える時間が少ない。

それが、お風呂に入っている時は落ち着いて考えることができる。

今日、クロエはお風呂の時間中、ずっと昨日のこと——ロイドに自分の過去を話そうとして、話せなかった一幕を考えていた。

今思い出しても、自分の情けなさに穴を掘って入りたくなる。

だが、絶望する必要もないなとも思う。

包丁を握れなくなった時も、毎晩練習を繰り返して少しずつマシになっていった。

逃げずに、真摯に向き合えばきっと話せるはずだ。

ロイドも、そんなクロエの姿勢を無下《むげ》になんてしないだろう。

怖いけど。呪われた子だと忌み嫌われる要因となった背中の痣《あざ》が疼《うず》くけど。

(もう一度、勇気を出して……今日こそ話してみよう)

そう決意を胸に灯した、その時。


——カサカサッ。


今まで聞いたことのない、物音。

まるで、脳の芯に直接警鐘を鳴らすかのような物音。

クロエの頭の中に、シャーリーの声が響く。

『いいですか、シャーリー様。王都ではもうそれは恐ろしい悪魔のような害虫がいるのです』

恐る恐る、振り向く。

脱衣所の壁に、大きくて、茶色くて、平べったい、イキモノ。

目にした瞬間、全身の毛という毛がぞわりと逆立った。

思い出した。

『その虫の名前は――――ゴキブリ』

……カサッ、ぶうううううん!!

「きゃああああああぁぁぁぁあああぁぁぁあああああああぁぁぁああああぁぁぁああああああああああぁぁぁぁあああぁぁぁぁああああああああ！！！！」

甲高い悲鳴がロイドの家を揺らした。

鳥肌が立つような羽音で飛んできたゴキブリを、クロエは反射的にしゃがみ込んで回避。

ぺちんと、ゴキブリは脱衣所のドアに飛びついた。

「どうしたクロエ⁉　敵襲か⁉」

ドタドタと慌てた足音、焦ったような声。

ガラリと勢いよくドアを開いてロイドが脱衣所に入ってきた。

その拍子に、ゴキブリはドアから落下して床を仰向けに転がる。

「ゴキッ、ゴキ……ゴキが……」

クロエが仰向けに転がりジタバタと動くそれを指差す。

「ああ……」

瞬時に状況を察したロイドは安堵《あんど》したように息をつく。

そのあとなんの躊躇《ためら》いなくゴキを摘《つま》み、脱衣所を出て身近な窓から投げて追い出した。

それから入念に手を洗った後、脱衣所に戻ってくる。

「もう安心だぞうおっ……!?」

まるで、ずっと母猫を探し求めていた子猫みたいに、クロエがロイドに勢いよく抱きついた。

小さくて、湯上がりで火照《ほて》った身体が小刻みに震えている。

「……怖かった、です」

「脅威は去った。もう大丈夫だ」

安心させるように言った後、クロエを優しく抱き締めるロイド。

しっとりと濡《ぬ》れた感触が伝わってきた——その時だった。

はらりと、クロエの身体を覆っていたタオルが落ちる。

そしてロイドの視界に、クロエの痣だらけの背中が露わになった。

ハッとロイドは目を見開くロイド。

気遣って何も見なかったことにするには目立ちすぎるその痣に、ロイドは反射的に言葉を溢《こぼ》した。

「その背中……」

「あっ……!!」

見られた。呪われた子だと忌み嫌われる要因となった、背中の痣を。

ずっと隠してきて、見られたくなかった痣を。

ロイドに、見られた。火照っていた身体からさーっと血の気が引いて冷たくなる。

頭が真っ白になった。

「……っ!!」

ロイドの腕を振り解《ほど》く。バスタオルを拾って、脱衣所を飛び出した。

「お、おいっ……」

タオルを自分の身体に巻きながら二階へ上がっていき、自分の部屋に駆け込んだ。

それからベッドに潜り込み、布団を被って現実世界が見えないようにする。

それからじきに、ロイドが二階へ上がってきた。

「入っていいか？」

ドアの向こうから窺《うかが》うような声。クロエは、答えられなかった。

ただただ、布団の中で震えることしかできなかった。

「入るぞ」

がちゃりと、ロイドが部屋に立ち入る気配。びくりと、クロエの肩が震える。

ベッドのそばにロイドがやってくる。

かける言葉に悩むような間があった後、ロイドが口を開く。

「大丈夫か？」

憂慮を含んだ声色にようやく、クロエは言葉を返す事ができた。

「お見苦しいものを見せてしまい……申し訳ございません……」

「謝る必要は、ないが……」

いつもの癖。ロイドが困ったように頭を掻《か》いた後。

「話してくれないか」

真剣な声。

「俺は、知りたい。クロエのことを、もっと」

はい、わかりました。と言えればどんなに楽なことか。

本音ではそう言いたいのに、口が縫い付けられたみたいに動かない。

押し黙るクロエに、ロイドは力強く言う。

「たとえクロエに、どんな過去があったとしても……俺は受け止める」

その言葉に、クロエの心が一気に揺らいだ。

思い返す。短くない時間を、ロイドと一緒に暮らしてきた。

その中で、ロイドの人柄をこの身で実感した
（ロイドさんなら……）

言っても大丈夫、恐れられたり、嫌ったり、呪われた子だなんて言ってきたりしない。

そんな事、もうとっくにわかっていた。足りなかったのは、自分の勇気だけだ。

それにもう、背中の痣を見られた以上は隠し通すことはできない。

そんな諦めの気持ちも、クロエの背中を後押しした。

おずおずと、身体を起き上がらせて。

まるで毛布のお化けみたいに、顔だけ出してクロエは言った。

「とりあえず……着替えて、きますね」

◇◇◇

寝巻きに着替えた後、クロエはリビングのソファに腰掛けた。

隣にはロイドが座っている。

クロエの言葉を、静かに待ってくれていた。

頭の中で何をどう話すのかを整理してから、クロエは口を開く。

「まずは……私の本当の身分から明かしますね」

昨日感じた痛みは生じなかった。

もう見られてしまった。隠す必要がなくなったからだろう。

「家名も入れた私の名前は……クロエ・アルデンヌ。アルデンヌ辺境伯の、次女です」

「……そうか」

予想に反して、ロイドの反応は落ち着いたものだった。

「驚かないのですね」

「どこかの貴族の令嬢だとは、薄々気づいていた。君の容姿といい、立ち振る舞いといい、平民のそれではないからな」

「さすが……鋭い観察感をお持ちです」

それからクロエは、少しずつ自分のことを話し始めた。

生まれつき濃かった背中の痣が原因で、呪われた子だと忌み嫌われてきたこと。

母からは早々に育児を放棄されて、ほぼ一人の使用人に育てられてきたこと。

領地で流行した病が原因で父や兄が亡くなり、それで母が気を病んだこと。

父や兄が死んだ原因は呪われた自分のせいだと、母が自分に強く当たるようになったこと。

母から、姉から、使用人たちから、呪われた子だと虐げられ続けたこと。

屋敷の家事のほぼ全てを押し付けられ、馬車馬のように働かされたこと。

そして……家出したあの日のこと。

殴られて溢した血を拭き残したため母が激昂《げっこう》し、ナイフを向けられ、命からがら逃げ出したこと。

シャダフから野を越え山を越え、王都に辿《たど》り着き——力尽きてガラの悪い男たちに襲われそうになっていたところをロイドに助けられたこと。

全部全部、話した。

その間、ロイドは話を遮ることなく静かに耳を傾け、頷《うなず》いてくれていた。

途中、何度も顔をしかめていたが、クロエが話し終わるまで何も言わなかった。

「……私の話は、これで終わりです」

もう話すことは何もないと、息をつく。

やっと言えたというどこかスッキリした気持ちが、クロエの胸に到来する。

しかし、じきに恐怖が追ってきた。

手が、肩が、震える。動悸《どうき》が止まらない、息が浅い。

ロイドの次の言葉が、とても怖かった。

「色々と、納得した」

いつものように静かな、しかしどこか棘《とげ》のある声でロイドは言う。

「クロエの家事や裁縫の能力の高さ。異様に腰が低く、やること為すこと全てに自信を持っていなさそうな挙動も全て、実家での生活が原因だったんだな」

その声色からは、明確な怒りを感じ取れた。

（やっぱり、嫌われてしまった……）

自分が厄災を呼ぶ呪われた子だということを今までずっと隠していたことに、ロイドは怒っているのだろうとクロエは思った。こうなると、後の流れは単純だった。

「本当に、ごめんなさい……」

湿り気を帯びた声で、クロエは言葉を重ねる。

「呪われた子だということを今まで隠していて、ごめんなさい、騙《だま》していてごめんなさい……本当に、本当にごめんなさい……」

自己否定の言葉が溢《あふ》れて止まらなくなる。

今すぐここから消え去りたい。そんな自暴自棄な思考に陥ってしまっていた。

「こんな私が、ロイドさんみたいに良い人のそばにいちゃだめですよね……すぐに荷物を纏《まと》めて出ていき……」

「ちょっと待て、ちょっと待て」

立ち上がろうとするクロエの腕をロイドが掴《つか》んだ。

「出ていく？　何故、そんなことを言う？」

焦りと戸惑いを含んだ声でロイドが尋ねる。

「だ、だって、ロイドさん……なんだか怒ってるみたいで……」

「ああ、すまない……出てしまっていたか」

怯《おび》えた様子のクロエに、ロイドは申し訳なさそうに言う。

「怒っているのはクロエに対してではない。クロエの家族に、周りに対して怒っている」

「え……」

戸惑うクロエに構わず、ロイドは言う。

「以前言ったと思うが、俺は理不尽が大嫌いだ。だから、まだ右も左も分からないような年のクロエを虐げ、罵倒し、ボロ雑巾のような扱いをしていた連中のことを思うと……煮えくり返るほど腹が立つ」

言葉の通り、拳を震わせ、瞳に怒りを灯して、ロイドは怒りを露わにした。

ロイド自身、まだ自我がない幼少のうちから組織にいいように使われ、理不尽な扱いを受けてきたからこそ、許せないものがあるのだろう。

嫌われるどころか、自分のために怒ってくれているロイドに、クロエは尋ねる。

「ロイドさんは、気持ち悪くないのですか？」

「何がだ？」

「私の、背中の痣……」

「気持ち悪くなんかない」

強く、真剣な声で否定されて、クロエの心に前向きな光が差し込む。

しかし十数年間、心の奥底に刻まれ続けた「お前が悪い」という呪詛《じゅそ》が、クロエの気持ちを後ろに引き戻した。

「そんな、嘘《うそ》です……呪われていて、不幸を呼ぶって、ずっと言われてきたんですよ？」

「たかだか一人の痣ごときで、周りが不幸になるわけがない。おおかた、地方特有の迷信か何かだろう」

言われてみるとその通りでしかなく、クロエは返す言葉を失ってしまった。

「それに……」

おもむろに、ロイドが服を脱ぎ始めた。

「ロ、ロイドさんっ……!?」

あまりにも急なことだったのでぎょっとしてしまう。

しかしすぐに、ハッとした。

普段着の下から現れたロイドの上半身に、思わず口に手を当て息を呑《の》んだ。

鍛えられ、引き締まった屈強な体軀《たいく》に、ミミズ腫れ、痣、生傷。

明確な痛みの跡が、ロイドの身体にいくつも刻まれていた。

「俺は痣に加えて、傷だらけだからな。その程度の背中の痣で、どうこう感じることなどない」

いつものように淡々とした声でロイドは言う。

「……触っても、大丈夫ですか？」

「傷は全て昔のものだ。好きなだけ触るといい」

そっと、ロイドの身体に手を添えるクロエ。

熱と肌の感触に加えて、凸凹《でこぼこ》とした確かな傷の跡が伝わってくる。騎士としての職業柄そうなったのか、幼少の頃に過酷な日々を過ごした末についたものなのかはわからない。

ただわかるのは、ロイドも今までたくさん痛く辛い思いをしてきたということ。

そして、クロエの背中の痣なんてどうってことないと、自分の身をもって証明してくれたことだ。

「こんなに、たくさん……痛かった、ですよね……」

「なぜ、クロエがそれを言う？」

静かな声に、クロエが顔を上げる。服を着直しながら、ロイドは言った。

「痛く、辛い思いをしてきたのはクロエの方だろう」

「それ、は……」

違うとは言えない。

だって実家にいた頃の自分は確かに、痛いと感じていた。

辛いと感じていた。

でも、自分は呪われた子だから仕方がない、自分が悪いんだと思い込ませていた。

思い込ませて、何も考えない事が、辛い現実から逃げる最善手だったから。

……それでも、今思えばやっぱり痛くて、辛かった。

そう自覚した途端、凍りついていた心底の氷がぴきりと音を立てた。

じわりと、目尻に熱い雫《しずく》が浮かぶ。

「わた……わた、し……」

「君は、悪くない」

それは、ずっと言って欲しかった言葉だった。

「悪いのは、クロエの周りの連中だ」

大きな腕が、クロエを包み込む。薄々、気づいてはいた。

自分は悪くないんじゃないかって。

でも毎日のように「呪われた子」だと、「お前のせいで不幸になっている」と刷り込まれ暴力に晒《さら》され、そうに違いないと思い込まされていった。

いわば洗脳されたようなものだった。

それをロイドがはっきりと「違う」って言ってくれて。

君は悪くないって言ってくれて。

嬉《うれ》しかった。本当に、救われた。

「だから……クロエが気に病むことは、ひとつもない」

優しく、労わるように、ロイドはクロエの背中を撫《な》でる。

撫でられるたびに、ぽたり、ぽたりと、何かがロイドの服に落ちた。

目が熱い。頭は冬景色のように真っ白だ。

何を言おうとしているのか、思考が纏まらない。

瞳の奥からとめどなく熱い雫が込み上げてくる。

「今までよく、頑張ったな」

「う……ぁ……」

震える唇が、言葉にならない声を漏らす。

「本当によく、頑張った」

「あぁ……ぅぁ……ああ……」

もう、限界だった。

「あっ……うぅ……ああ……ぁあああっ…………あああぁぁ……うっ……ぅあああぁぁあぁあああああ……

ひっ、うっ……あぁぁぁぁああっ……！！！」

ロイドの胸に縋《すが》りついて、クロエは泣いた。

顔をぐちゃぐちゃにして嗚咽《おえつ》を漏らしながらクロエは泣きじゃくった。

ぼろぼろぼろぼろと、双眸《そうぼう》から涙が溢れ出て止まらない。

止めるのはもう不可能だった。

今でも鮮明に脳裏に浮かぶ、痛くて辛くてしんどかった日々。それをロイドが知ってくれて、辛かったなって、よく頑張ったなって言ってくれて、押し込んできた全てが決壊した。

シャダフでの長く辛い日々から王都に逃れた末にようやく見つけた、安心できる場所。

ロイドの胸の中で、クロエはしばらく赤ん坊のように泣き続けた。

◇◇◇

どれくらい、泣いていただろうか。

これ以上水分を失ったらまずいと身体が反応して、徐々に涙が収まってきてから、クロエはロイドから身体を離した。

「落ち着いたか？」

こくりと、クロエは頷く。

そのまま黙って、ロイドはクロエにハンカチを差し出した。

「ありがとうございます……」

数日前、剣の刺繍《ししゅう》を施したハンカチで目元を拭う。

「ごめんなさい……取り乱してしまって……ぐすっ……」

「気にする必要はない」

ぽんぽんと、クロエの頭を優しく撫でてからロイドは言う。

「今までずっと、我慢してきたのだろう。こうして泣けたことは、とても良いことだと思う」

「うう……お恥ずかしい限りです……」

ロイドの言った通り、文字通り全て洗い流したことで心は晴れやかになっていた。しかし同時に、ロイドに抱きつき年甲斐《としがい》もなく泣き散らしてしまったことに、途方もない羞恥が襲ってきた。

顔が唐辛子を振りかけたように熱い。

ぷしゅーと頭から煙が出そうな勢いであった。

「どうしたクロエ、大丈夫か？」

「い、今は見ちゃダメです。私の顔、沸く酷いことになっているので……」

「なるほど……そうか」

ロイドは察してくれたようで、それ以上は深掘りしてこなかった。

ありがたいと思うと同時に、会話のとっかかりがなくなって気まずい心地になる。

しばらくしてから、ロイドはぽつりと言った。

「しかし、そうか……貴族の令嬢だったか……」

ふむ、とロイドは考え込むように見えて、顎に手を添える。

どこか難しい顔をしているように見えて、クロエは気が付く。

一応自分は、辺境伯令嬢という立場のある貴族だ。

実家があるシャダフにおいて、自分は行方不明としておふれが出ているかもしれない。だとすると、騎士という公的な立場にいるロイドが、クロエのことを黙っておくのは離反的な行為でもある。

「私、実家には絶対戻りたくありません」

その反面、ロイドに迷惑をかけるのだけは避けたい気持ちで、クロエは懇願する。

「もし、私がロイドさんの家にいては不都合なのであれば、すぐに出ていきます。なので、どうか……」

「心配しなくても、告げ口などしない」

ふ、と安心させるように笑みを浮かべて、ロイドは言う。

「確かに、騎士としての役割も重要ではあるが……それよりも俺は、クロエの方が大切だ」

「ロイドさん……」

その優しさに、言葉に、またじんわりと視界が潤む。

一度思い切り泣いてしまったため、涙腺が緩々になっているのかもしれない。

「重ね重ね、ありがとうございます。本当に、なんとお礼をしていいか……」

「気にする必要はない。もう十分、クロエには良くしてもらっている」

「それは、家政婦としての仕事なので、当然といいますか……」

「いいや、それ以上のことを、君にはしてもらっている」

「それ以上のこと？」

クロエが首を傾げると、ロイドは口を噤《つぐ》んで目線を逸らした。

「……とにかく、それ以上のことは、それ以上のことだ」

「そう、なんでしょうか……」

思い当たる節は無い。

だが、ロイドが言うのならそうなのかもしれないとクロエは思うことにした。

「ただ、俺から一つ、願いがある」

「お願い、ですか？　わっ……」

なんの前触れなく、ロイドが両腕をクロエの背中に回してきた。

自分よりも熱を持った体温、硬い胸板の感触。

妙に甘く、安心感のある匂いに、鼓動が一気に早くなる。

「ロロロ、ロイド、さん……？」

「出ていくなんて、もう言わないでくれ」

いつもの毅然《きぜん》としているものとは一転して、どこか懇願するような声。

「俺はもう、君がいない生活が考えられないんだ」

耳元で囁《ささや》かれる言葉に、心臓が一際大きく跳ねた。

バクバクとうるさい鼓動を宥《なだ》めながら、尋ねる。

「それは、どういう意味ですか……？」

ぴくりと、ロイドの身体から震えを感じ取った。

返答まで、間があった。

「クロエのおかげで……生活面で、とても助かっている。料理にしろ、掃除にしろ、細かい消耗品の買い出しにしろ……元々そういった作業が俺は不得意だ。クロエがいなくなったら、俺の生活は再び崩壊してしまうだろう」

「な、なるほど……そう、ですよね……」

ちょっぴり残念な気持ちが胸に舞い降りる。

おこがましくも、ロイドに期待していた。

（ロイドさんも、もしかすると私のことを……）

という期待を。だとしても嬉しかった。たとえ実用的な部分であれ、ロイドが自分を必要としてくれているとはっきり言ってくれて、どこにも行ってほしくないと言ってくれて、嬉しかった。

ロイドの背中に、クロエも両腕を回す。

それからぽんぽんと、赤子をあやすように撫でた。

するとロイドは、安心したように深く息をつく。

その反応はクロエからすると、妙に可愛らしく感じられた。

お互いに抱き締めあったまま、ロイドが口を開く。

「家出をしてきたという事は、実家の連中は君を探している可能性がある、という認識であっているか？」

「はい……そうですね、だと思います。ただ家族の性格に鑑みると、私が行方不明になったことは隠匿して、秘密裏に捜索しているんじゃないかなと思います」

今頃、怒り狂った母親が使用人たちを使い血眼《ちまなこ》で自分を探しているだろう。

「とはいえ、見つかることはほぼないと思います。シャダフから王都までは距離もあるので、さすがに捜索範囲をここまで広げることはないのかなと」

断言はできないが、可能性は限りなく低いとクロエは考えていた。

しかし一方で、ロイドは逆の考えを張り巡らせる。

騎士という職業柄、常に最悪の事態を考える癖がついているロイドは、『王都でクロエが見つかる可能性』について思考を走らせていた。

「何か……対策を講じておくに越した事はないな」

「ロイドさん？」

「いや、大丈夫だ……難しいことはまた、落ち着いてから考えよう」

そう言って、ロイドが身体を離す。心を寄せている相手からの抱擁によって、クロエはすっかり火照《ほて》り上がりぽーっとした表情をしていた。

「今日はもう疲れただろう。早めに寝るといい」

「お気遣いありがとうございます。あの……」

「ん？」

「また、たまにぎゅーって、してもらってもいいですか？」

言ってから、ハッとした。

自分でも何故こんな言葉が出たのかわからない。色々な事がありすぎて頭が働いてなくて、つい欲求がぽろっと出てしまったとしか考えられなかった。

「ぎゅー……抱擁のことか？」

神妙な顔で眉を顰めるロイドに、わたわたと手を前に出し早口でクロエは言う。

「やっ、あのですね、別に変な意味はないのですが、ロイドさんに抱き締められると、妙に落ち着くといいますかなんといいますかあまり誰かに甘える機会がなかったものでつい言ってしまいましたごめんなさいもう言いませんて忘れてくだわっぷ……」

しのごの言わさず口を塞ぐかのように、クロエを抱き締めるロイド。

心に平穏をもたらす甘い匂いが再び鼻腔《びこう》をくすぐる。先ほどよりも力強く、ぎゅうっと抱き締められて、ロイドに守られているという気持ちがじんじんと身体の芯を揺らした。

それからぽんぽんと、頭を撫でられて。

「俺の腕で良ければ、いつでも貸してやる」

耳元で囁かれた低い声に、そのまま溶けてなくなりそうになった。

「はひ……ありがとうございます……」

だらしなく蕩《とろ》けた顔で、クロエは言った。ロイドが身体を離す。

抱き締められていた感覚があまりにも気持ちよくて、クロエが夢見心地になっていると。

(あれ……)

気づく。

ロイドの顔が、耳が、ほのかに赤くなっていることに……。

「と、とにかく……今日は休め。後のことは、俺が考える」

「あっ……はい、わかりました……」

ロイドが立ち上がる。それからそそくさと、逃げるように背を向ける背中に。

「ロイドさん」

「ん？」

嵐の後の晴れ渡るような笑顔で、クロエは言った。

「ありがとう、ございました」

◇◇◇

「似たもの同士、か……」

クロエはとっくに寝静まったであろう深夜。

自室のベッドに寝転んで、ロイドは呟《つぶや》く。

今日、クロエは自分の過去の全てを話してくれた。

家庭環境が複雑なんだろうと薄々思ってはいたが、クロエの過去は想像を絶していた。

ロイド自身、クロエと同じように理不尽な過去を持っているため、気持ちは痛いほどわかる。

だからこそ、ロイドはクロエを抱き締めざるを得なかった。

以前、ロイドがクロエに自分の過去を明かしてくれた際。

クロエはロイドを抱き締め、涙を流してくれた、労《ねぎら》ったのと同じように。

「……ふざけてるな」

クロエの境遇を総括すると、その一言に尽きる。

今思い返しても、胃の辺りが沸々と熱くなるような怒りを覚えてしまう。

あんな良い子を不当に虐げ、馬車馬のように働かせていた者が目の前にいたらこの手で叩《たた》き斬りたい。そんな気分だった。

実際にそうなっても斬り捨てはしないだろうが、それは騎士という規則に縛られているからで、本心ではクロエを虐げてきた連中を痛い目にあわせたい気持ちが渦巻いている。

感情の起伏が少なく滅多に怒らないロイドだったが、この件に関しては腹底から煮えくり返るような怒りを感じていた。なぜこんなにも大きな怒りを覚えているのか、さすがのロイドでもわかる。

クロエのことを、とても大切な存在として認識しているからだ。

先ほどのやりとりを思い出す。

――俺はもう、君がいない生活が考えられないんだ。

――それは、どういう意味ですか……？

クロエに訊《き》かれた際、咄嗟《とっさ》に口にしかけた言葉。

『好きだからだ』

喉まででかかっていたその言葉を、ロイドは押し込んでしまった。

クロエに対し、家政婦以上の感情を抱いていることをロイドはとうの昔に自覚している。

きっかけは何で、どこが好きかなんて問いを投げかけられたら、一晩時間を使っても返答し切れないほどたくさんある。

無理やり短く表すとすれば、クロエの心優しさに、健気《けなげ》さに、そして自分の持っていない数多《あまた》の部分にいつの間にか魅了されていった、といったところだろう。

にも関わらず、自分の気持ちを告げられないのは、ロイドに勇気がないからではない。

（俺に、人を好きになる資格は……人に好きになってもらう資格は……ない）

そんな思い込みが、ロイドの心奥に大木の根のように張り付いているからだ。

だが同時に、自分の中のクロエに対する想《おも》いがむくむくと大きくなって、抑えきれなくなっていた。

許されるのであれば、今すぐクロエの部屋に行って、彼女の顔を見たい、声を聞きたい、頭を撫でたい、抱き締めたい。

それから伝えたい。クロエに、自分の気持ちを。

衝動に任せて動いてしまいそうになるが、すぐに理性がそれを押し止《とど》める。

『お前にそんな事をする資格はないだろう』

血濡れたカーテンから顔を出した、自分ではない誰かが呪詛のように囁いた。

「だが、俺は……それでも……」

結局、どちらに気持ちを振り切ることもできないままロイドは眠りに落ちる。

そして悶々とした気持ちを抱えたまま朝を迎えた。

それからしばらくして事件が起きた。

◇◇◇

翌日、午後。イアンの書店にて。

「ふふーん……ふふーん」

ずらりと並んだ本のタイトルを眺めつつ、クロエが鼻唄を口ずさんでいると。

「今日は何やら上機嫌ですね」

「あっ、わかりますか?」

笑顔のイアンに訊かれて、クロエは頬を綻ばせた。

「昨日、ちょっといいことがありまして」

「いいこと……前仰ってた、主《あるじ》さんに関係することですか?」

「そう、ですね……そうだと思います」

「なるほど、おめでとうございます」

「そ、そういうのじゃないですよっ?」

ぱちぱちと小さく拍手をするイアンに慌てて言葉を返す。

「半分冗談ですよ、冗談」

「半分は本気だったのですね……」

「ええ。だって、本当に嬉しそうにしてらっしゃるので……」

「うぅ……お恥ずかしい……」

胸の辺りがむずむずした。

でも、嬉しい出来事だったのは事実だ。

ロイドに背中の痣のことや自分の過去のこと、全て明かして、受け入れてもらった。

明かす前にクロエが考えていた、嫌われるんじゃないかという想像は全くの杞憂《きゆう》だった。

それどころかロイドは、今まで虐げてきた家族に対して本気で怒ってくれた。

それが何よりも、嬉しかった。今朝、ロイドはやることがあると言って早めに出てしまったため
あまり話せなかったが、改めてまたお礼を言いたいと思う。

それに……。

——俺の腕で良ければ、いつでも貸してやる。

耳元でそう囁かれ、ロイドから「いつでもハグして良い権利」を獲得したのも、クロエがご機嫌
な理由の一つだった。

「うふ……ふふふ……」

「クロエさん？　顔が溶けていますよ？」

「あっ、すみません、私ったら……」

「なんにせよ、幸せそうで何よりです」

そんな、ほっこりするようなやりとりの後、クロエは一冊の本を購入する。

「お買い上げありがとうございました」

笑顔のイアンに見送られながら、紙袋を抱えて露店エリアへ向かう。

その途中、いつものように声をかけられた。

「よう！　クロエちゃん、今日は一段とべっぴんさんじゃねえか！」

「こんにちは、エスカルドさん。いえいえ、そんなそんな……」

金物店を営むエスカルドと二言三言交わしてから、また歩く。

「クロエちゃんやっほー！　今日も買い物？」

「あ、どうもスノーさん。ですです、シエルさんのお店に向かってる途中です」

「なるほどね！　というかクロエちゃん、聞いたよ！　シエルさんのドレスの刺繍、クロエちゃんがやったんだって？」

「あ、はい！　私がしました」

「見たけど、凄い出来だったね！　私もお願いしたいわー、なんて……」

「わ、私で良ければいつでもやりますよ」

「え、本当に⁉　助かるー！　じゃあ今度、正式に依頼するわね！」

「は、はいっ、お待ちしています」

お花屋さんを営むスノーとそんなやりとりをした後、再び歩き出す。

王都に来て二ヵ月と少しだが、露店エリアでクロエを知らない人はいないほどの評判だった。

平民とは思えない美貌に加えて、誰にでも腰が低く、溢れ出る良い人感が人々を魅了しているのだろう。

もちろん、本人にその自覚はなかったが。

空を見上げると、陽はすでに傾きオレンジ色が差していた。

「おっと、いけません。少し悠長にし過ぎましたね」

のんびりしていたらロイドが帰ってきてしまう。足早にクロエはシエルの店に急いだ。

「やあクロエちゃん、いらっしゃい！」

「こんにちは、シエルさん。今日はちょっと豪勢な夕食を作りたいのですが、何かおすすめはありますか？」

「おっ、何かお祝い事かい？」

「お祝い事という大層なものでもないですが、ちょっと良い事がありまして……」

「ほおう！　良い事！　件の騎士様と、ついにこれかい？」

シエルが小指を見せてきて、ニマニマと深みのある笑みを浮かべてきた。

「ち、違いますよお、そういうのではないですけど……とにかく、良い事は良い事なんですっ」

「なんだい、道のりは遠いさねえ。まあいいわ。お祝い事に最適な料理といえば……」

いつものようにシエルの指南を受け、夕食はのメインディッシュはちょっぴり豪華にローストビーフに決定した。

「そういえばクロエちゃん、刺繍、本当にありがとうね！」

牛の塊肉のお会計をしている際、シエルがにっこり笑顔で言った。

「パーティでの評判も良くて、何人にも凄い、どこで買ったのかと褒められたよ！」

「本当ですか⁉　わああっ、嬉しいです……」

シエルの言葉に、クロエはぱあっと表情を明るくした。内心、自分の刺繍は大丈夫だったかなという不安もあったので、シエルの報告は嬉しいものだった。

「クロエちゃんの刺繍を見て、是非私もお願いしたいって貴族の方もいたさね。というわけでクロエちゃん、また刺繍をしてくれたりはするかい？　もちろん報酬はきちんと支払うよ！」

「わ、私が貴族の方のですか……⁉」

ぎょっとクロエは目を見開く。

（スノーさんに加えて、貴族の方たちまで……）

クロエの自信のなさが、むくむくと姿を現す。

「そ、そんな……私には勿体《もったい》ない申し出ですよ……」

「何言ってんだい、堂々と胸を張るさね！」

おどおどと縮こまるクロエに、シエルが喝を入れる。

「クロエちゃんの刺した刺繍を見て、実際に貴族の方々が良いものだと認めてくださったんだ。謙虚な姿勢は良いけど、自分の作ったものに対しては自信と誇りを持たないと安く買い叩かれるさね！」

「自信と、誇り……」

それは、クロエにとって非常に距離が遠い概念だった。だが、シエルの言った通りだ。

自信と誇りが足りないと、他人から弱く見られていいように使われてしまうだろう。

かつて実家にいた頃の自分がまさにその状態だった。

そんなのは嫌だと、クロエは思う。

「そうですよね……その通りです」

瞳に力を灯して、クロエは言った。

「是非、受けさせてください」

「その意気さね！　じゃあまた、今度依頼をさせておくれ」

「はい、ありがとうございます！」

ぎゅっと、クロエは小さく拳を握った。

自分の特技がちゃんとしたお金になる。

そして何よりも、誰かの役に立つ。

そう考えると、身が震えるような嬉しさが込み上げてきた。

実家にいた頃には味わえなかった感覚だ。王都に来てから、自分のやるべき事をしっかり出来ている気がして、言い表しようのない充実感を抱いていた。

(本当に……王都に来て良かったな……)

心の底からそう思うクロエであった。

「あ、そうそう」

何か思い出したように、シエルが言う。

「刺繡に興味を持ってくれた人の中に、是非クロエちゃんに会いたいって人がいたさね」

「私に、ですか?」

「そうさね。確か、名前は……」

「――久しぶりね、クロエ」

ぞわりと、全身の毛が逆立った。できることならもう一生耳にしたくなかったその声は、クロエの心に恐怖の象徴として刻まれていた。

（まさか、そんな……）

あり得ない。そんな、悪夢のようなこと……。

恐る恐る、声のした方に振り向き――心臓が、大きく跳ねた。

背中まで伸ばした燃えるような赤い髪、陶器のように白い肌、万人を見下すような鋭い目。

髪色に合わせた豪華な赤いドレスを身に纏った姿は、露店エリアという場所にひどくアンマッチに見える。

「ああ、そうそう、リリーさんだ。ちょうど、タイミングが良かったさね」

スッキリしたようにシエルが言う。

「聞いたよ。よくここのお店に来るんですってね？」

クロエの三つ上の姉リリーは、そう言って優雅に微笑んでみせた。

クロエは知っている。この、目が全く笑っていない笑みを姉が浮かべているのは、自分にとんでもない危害を加えてくる前兆だと。

「おねえ、さま……」

誰にも聞こえない小さな声量で、クロエは呟く。

反射的に逃げ出そうかと思った。

だが、リリーの両脇には護衛と思《おぼ》しき屈強な男が二人。

逃亡を図っても、たちまちのうちに取り押さえられてしまうのは目に見えていた。

「なんだい、あんたたち知り合いだったのかい？」

クロエとリリーのやりとりを見て、シエルが尋ねる。

しかしクロエは答えることができなかった。

頭が、真っ白になっていた。リリーもシエルの質問に答えることなかった。

探し求めた末にようやく見つけた妹に対し。ニヤリと口元を歪《ゆが》ませるリリー。

「来てくれるわよね？」

「は……い……」

歪んだ笑顔から放たれた言葉に、クロエは首を縦に振ることしかできなかった。

◇◇◇

「あれは……？」

お店の外を掃き掃除していたイアンが、向こうの通りを歩く四人組に気づいて言葉を漏らす。

「クロエさんと……どこかの貴族の令嬢様と……？」
両脇に控える残り二人に関しては、どんな職業なのかわからない。
体格や風貌から察するに、荒事専門の護衛か何かのように感じた。
ただ、気のせいだろうか。
（クロエさん、なんか元気ないような……？）
つい先ほど、良い事があったと言って幸せそうに笑っていた姿は見る影もない。
俯《うつむ》くクロエの横顔に影が差しているように見えて、イアンは首を傾げた。

✦第六章

攫われたクロエ

「ただいま」

夕方、いつもより少し早めに帰ってきたロイドが玄関で言う。

いつもならクロエが『おかえりなさい』と玄関で出迎えてくるが、それがなかった。

そこでまず、ロイドは首を傾《かし》げた。

「……クロエ、いないのか？」

リビングで言うも、そもそも家に自分以外の人の気配はない。

どうやら、まだ帰っていないようだった。

「ふむ……」

椅子に腰掛け、腕を組む。

家に誰もいないという空間は久しぶりで、なんだか妙な感覚だった。

「………」

不意に胸を、もたっとした感覚が過《よぎ》った。そこはかとなく、嫌な予感がした。

幼少の頃から命のやりとりが多く今でも騎士という職業についているからか、『よくない事の前兆』に敏感なロイド。

普段とは違うほんの些細《ささい》な違和感を、ロイドは感じ取っていた。

クロエの仕事に対する責任感と精度は非常に高い。

ロイドが知る限り、クロエが家事でミスをしたところは見たことがなかった。ロイドが帰宅するタイミングで、掃除、料理、風呂といった家事の全てを終わらせていたクロエ。

それが今日は、事前連絡もなくロイドが帰宅する時間になっても帰っていない。

クロエがそんなことをする可能性は、限りなく低く思えた。

何かあったのかもしれない。

そんな結論に至った途端、ロイドは勢いよく立ち上がる。

椅子がガタンと音を立てて倒れた時には、ロイドは家を飛び出していた。

騎士として常に最悪の事態を想定するロイドが、クロエを探しに行くのは当然の流れであった。

昨日、クロエから実家のことを聞いて敏感になっているだけかもしれない、単に自分が心配性なだけかもしれない。何もなかったら何もなかったで、それはそれでいい。

だがもし何かあったらと考えると、気が気でなかった。

——私、家事などはだいたい決められた通りに動く癖があるんです。ロイドさんを見送った後は掃除と洗濯をして、ご飯の材料を買いに行って、帰ってきて、夕食を作って……。

以前、クロエが言っていた言葉を思い出す。

この時間のクロエは露店エリアにいるのではとアタリをつけて、ロイドは走った。

◇◇◇

(クロエ……どこにいる……⁉)

露店エリアでクロエを探すロイド。

大きな通りは一通り見て回ったが、未《いま》だに発見には至っていなかった。

(落ち着け……)

一度、立ち止まる。王都一の商業地区の一角である露店エリアはかなりの広さがある。

闇雲に探しても時間の無駄だろう。

(何か、手がかりは……)

考える。記憶の糸を手繰り寄せる。

すると、頭の奥で何かがきらりと光った。

(そういえば……)

──本当は違う通りに行きつけのお店があるのですけど、今日はお休みなんですよねえ……。

たまにクロエは、露店に行きつけのお店があると言っていた。

曰《いわ》く、家で出てくるメニューの材料はほとんどそこで調達しているらしい。

──シエルさんに頼まれて、刺繍《ししゅう》しているんです。

──いつも話している、行きつけのお店の店主か？

──そうです！　そのシエルさんです。

また別の記憶が蘇《よみがえ》る。ついこの間、クロエが刺繍をしている際にそう言った。

(シエルという人物が営む、食材の店……)

再びロイドは動き出す。幸いなことにシエルのお店はここらでも有名な店らしく、道ゆく人に尋ねるとすぐに場所を教えてくれた。

「いらっしゃい！　おっ、その服装は騎士さんだね。何かお買い求めかい？」

「すまない、買い物ではないんだ。クロエを知らないか？」

愛想も恰幅《かっぷく》も良さそうな店主と思しき女性――シエルに、ロイドは単刀直入に尋ねた。

するとシエルは驚いたように目を見開く。

「クロエちゃんというと、あのクロエちゃんかい？」

「年は十代後半、背は小さく、髪色はピンク色のクロエだ」

「クロエちゃんさね！　まさかアンタ……」

じっと、ロイドの容貌を見渡してからシエルは尋ねる。

「クロエちゃんの主人の騎士さんかい？」

「確かに俺は騎士で、クロエは家で雇っている家政婦だ」

「話はよく聞いてるよ！　はえ～、こりゃあクロエちゃんもご執心なわけだ。とんでもない色男さね」

ふむふむと、シエルはロイドの出《い》で立ちを見てしきりに頷《うなず》く。

「あの……」

「ああ、ごめんよ。話が逸れたさね。それで、クロエちゃんだったね。帰ってきてないのかい？」

「ああ、そうだ。いつもなら帰ってくる時間に、帰ってこないんだ」

「おかしいさねー。つい一時間くらい前に、今夜はご馳走《ちそう》だってうちに買い物に来て嬉《うれ》しそうにしてたのに」

顎に手を当て考える素振りのまま、シエルは言う。

「もしかすると、令嬢様との用事が長引いているのかもしれないさね」

「令嬢様？」

「そうそう。クロエちゃんに刺繍を頼みたいっていう、令嬢様がいてね。ちょうど店の前で会えたらしくて、一緒にどこかへ行ったんだよ」

背筋が凍りつくような、嫌な予感がした。

ロイドが瞬間的に、ある可能性について思い至ったその時。

「あの、僕見ました……」

隣でちょうど買い物をしていた客が、おずおずと言った様子で話しかけてきた。

「すみません、盗み聞きするつもりはなかったのですが、クロエさんの話が聞こえてきたので」

目元にアンティークな丸眼鏡をかけた、物腰柔らかそうな男性が申し訳なさそうに言う。

「君は……」

「イアンです。クロエさんはよく、うちの店に本を買いに来るお客さんでして……」

「イアン、何か知ってるのかい？」

シエルがイアンに尋ねる。

「はい。シエルさんの言うまさしく一時間ほど前、店の前を掃除している時にクロエさんを見かけたのですが……貴族のような女性と、あと二人の男と一緒に西通りを歩いていました」

「ああ、そうそう、二人の男を連れてた！　その人さね！　アルデンヌの辺境伯の令嬢様だよ！」

「アルデンヌ……」

思い出す。

——家名も入れた私の名前は……クロエ・アルデンヌ。アルデンヌ辺境伯の、次女です。

「まずい……!!」

思わずロイドはイアンの肩を摑《つか》んで尋ねた。

「その者たちがクロエと一緒にどこに行ったか知らないか⁉」

「西通りを歩いているのは見かけましたが、どこに行ったかまでは……」

「くっ……そうか……」

突然の剣幕に狼狽《ろうばい》するイアンをよそに、ロイドはぎりりと歯軋《はぎし》りする。

シエルの言う令嬢はおそらく、昨日の話に出ていたクロエの家族だろう。

クロエを屋敷に監禁し、十何年間も虐げ続けた家族。

そんな者に、クロエが連れ去られてしまった。

一刻も早く探しに行かないと、クロエが大変な目に遭ってしまう。

そう直感的に思ったロイドはすぐさま西通りに向けて駆け出そうと……。

「ちょっと待つさね」

シエルの真剣な声に引き止められる。

「その様子だとクロエちゃん、何か大変なことに巻き込まれているのかい？」

商売人として数々の修羅場をくぐってきたシエルも、ロイドと同様に鋭い勘を持つ。

一連のロイドの様子を見て、クロエに何か危機が迫っているのではとシエルは推測していた。

「巻き込まれているといえば、巻き込まれている可能性が高い。具体的にどんな、という部分まで話すわけには……いかない」

「憲兵には伝えたのかい？」

「事情があって、憲兵に伝えるのは悪手だと判断している」

「なるほど」

元を辿《たど》るとクロエは、辺境のシャダフから家出をしてきて王都に流れてきた身だ。

今ここでその事情を話すわけにもいかないだろうとロイドは判断する。

「どうやら訳ありみたいさね」

「ああ……すまない」

「だったら、私に頼るのが早いさね」

「何？」

唐突にシエルは、大きく息を吸い込んで。

「アンタたち、聞きな！！！」

どこから出ているんだと突っ込みたくなるほどの声量。

するとと、シエルの店の周りの騒めきが、潮が引くように静まり返った。

露店の店主たちが、道ゆく人々が、何事かとシエルの店の方に振り向く絶妙なタイミングを見計らって、シエルは再び声を張り上げた。

「アンタたちの大好きなクロエちゃんが行方不明だって話を聞いたよ‼　手が空いている者は至急、ここに集まるさね‼」

「なんだって⁉　クロエちゃんが行方不明⁉」

「それは一大事だ！　探しに行かねえと！」

「私に何か手伝えることはある⁉」

たちまちのうちにシエルの店の前に人だかりができる。

「これは……」

「私の人徳の為せる技さね」

うあっはっはと、腰に手を当て豪快に笑うシエル。

「さすが、ここら一帯を取り纏《まと》めているシエルさんですね……」

敬慕の眼差しを浮かべてイアンは呟《つぶや》いた。

「まあ、あとはクロエちゃんの人徳の為せる技でもあるさね。あの子は本当に、ここらの人たちに愛されているから」

その言葉にロイドは深い納得を覚えた。

クロエが人に愛される子であることは、ロイドが肌身でひしひしと感じている。

ロイド自身、クロエに魅了された一人なのだ。

ロイドの知らないところで、クロエはこの辺りの人々と確かな繋《つな》がりを作ってきたのだろう。

「忙しい中、集まってくれてありがとうさね‼」

集まった人々に、シエルが事情を説明する。

クロエの行方が分からなくなっていること、なんでもいいから目撃情報が欲しいと言うこと、このことをなるべく色々な人に伝えてクロエを探して欲しいということ、事情があって憲兵には伝えないで欲しいことなどを伝えた。

「私！　クロエちゃん見たよ！」

「俺も、ついさっき配達行った時に見たぞ！」

早速、クロエの情報を持っている者が手を挙げた。それらの情報を総合的にまとめた結果、クロエがいるであろう場所が徐々に浮き彫りになってきた。

ここから少し西に行った、主に貴族層が宿泊に使うホテル街。

シャダフという辺境の領地からやってきて宿泊していると考えると、納得のいく場所だった。

「こんなに早く証言が集まるとは……」

「北区の商業エリアはお互いに顔見知りがほとんどだから、横の繋がりは強いさね」

シエルの言葉の通り、さらに人が集まってきて目撃情報が加わり、リベリオンホテルにクロエが入っていったという、馬車の御者の証言も得ることができた。

「リベリオンホテル……伯爵クラスの貴族もよく泊まる一級のホテルさね」

納得したように頷くシエル。場所がわかればもう、すぐに駆けつけたかった。

「すまない、本当に助かった」

「いいさねいいさね。クロエちゃんには刺繍の件で世話になったからね。少しもの恩返しさ」

「では、これで失礼する」

「ああ、しっかり王子様の役割をまっとうしてきな」

「俺は騎士ですが……」

「なんだいアンタ、冗談通じない人かい」

苦笑するシエルに一礼した後、イアンにも頭を下げる。

「君も、情報をありがとう」

「い、いえ！　お役に立てたようなら何よりです。必ず、クロエさんを探し出してくださいね」

「当然だ」

その言葉を最後に駆けようとした時。ふと、思った。

(相手は立場のある辺境伯の令嬢……)

万が一の事態を考えると、自分一人の地位で対峙《たいじ》するのは心許ない。

そう考えたロイドは、イアンに申し出た。

「すまないが、一つ頼まれてくれないか」

◇◇◇

商業エリアの北側に隣接するホテル街。

その一角にそびえる、リベリオンホテル。

「この大馬鹿者!!」

だだっぴろいスイートルームにリリーの怒声と、平手打ちの乾いた音が響く。

「きゃっ……」

短い悲鳴と共にクロエは吹き飛んでしまう。

床に倒れ蹲《うずくま》るクロエにリリーは追い打ちをかけた。

「アンタはどんだけ！　迷惑をかけたら気がすむの！」

蹴って、踏みつけて、リリーはクロエに罵倒を浴びせる。

「あっ……ぅっ……」

体格差がある上に、姉への反抗心などないクロエはされるがまま。

ただ短い呻《うめ》き声を漏らすしかなかった。

暴力は、久しぶりの感覚だった。

王都で幸せな日々を送っていたからこそ、暴力は身体にも心にも堪《こた》えた。

（これ、は……夢……？）

理不尽な暴力に晒《さら》されながら、クロエは思う。

今、自分の身に起きていることに現実味を感じられなかった。

シャダフから遠く離れた王都の地でリリーと出くわすなんて、悪夢でしかない
いっそ、悪夢であって欲しいとすら思った。だがこの痛みが、心の芯が折れそうになるような絶望感が、夢じゃなく現実であることを無情にもクロエに突きつけていた。

全身が痛い、頬が熱い。

踏まれ、打たれる度に頭が真っ白になっていく。

「呪われた子のくせに!!」

クロエの胸に刻まれた呼称と共に、リリーの蹴りが飛んでくる。

かなりの威力で放たれたリリーの足は吸い込まれるようにクロエの顔を捉えた。

「あぐっ……」

鈍い音がして、クロエは床に転がった。

よろよろと起き上がると、鼻の奥に熱を感じる。

ぽたり、ぽたりと、トマト色の鮮血が流れ出て床に落ちた。

いつだったか。屋敷の床に血を垂らしてしまい、母イザベラに「穢《けが》れた血を残すな」と罵倒された日の光景と被った。

ふいに、暴力が止んだ。

ぼやけた視界で見上げると、リリーは汗だくで息も上がっている。

一方のクロエは、見るもボロボロの姿になっていた。

髪は何度も引っ張られてぐしゃぐしゃ。

鼻からは血が垂れ、頬は腫れ、ドレスは土足で何度も踏み躙《にじ》られたせいで薄汚れている。

「なんにせよ、シャダフからはるばる王都に来た甲斐《かい》があったわ。まさか、こんなところでアンタに出会えるなんてね」

クロエを見下ろし、リリーは満足そうに言う。

「この二ヵ月どこで何していたのか気になるところだけど、ひとまず家に連れ戻してお母様の前に引き出さないとね。お母様、かんかんにお怒りよ？」

お母様、という言葉を聞いてクロエの身体がびくりと跳ねる。

連れ戻されたら二度と家から出る事は出来ない。そんな確信があった。

「さあ、帰るわよ」

グイッと腕を摑まれる。

「やめてっ……」

反射的に、クロエはリリーの腕を振り払った。

「……は？」

リリーが声を漏らす。クロエが今とった行動を理解できていないようだった。

そこでふと、クロエは気づいた。自分がまだ、一言も謝っていていないことに。

シャダフにいた頃は、罵倒や暴力を受けるたびに謝罪を口にしていたのに、一度も。

（もう……限界……）

胸に熱く、強い感情が湧き出す。シャダフでは生まれてからずっと虐げられてきたので、反抗しようなんて気は欠片《かけら》も起きなかった。

自分は呪われた子だから、何もできない無能だから、殴られるのも蹴られるのも罵倒されるのも仕方がない。全部自分が悪いんだって思っていた。

だが王都にやってきて、ロイドと日々を過ごす中でクロエは少しずつ自己肯定感を上げてきた。

自分には価値がある人間だと、幸せに生きる権利がある人間だと少しずつ思えるようになっていた。

結果クロエは、自分に降りかかる理不尽に対して明確な怒りを覚えることができた。

(なんで私が、こんな目に遭わなきゃいけないの……)

一度生じた怒りは止まらず、灼熱《しゃくねつ》の業火となり全身に力を与える。

「どういうつもり?」

低い声で訊《き》いてくるリリーを、クロエはキッと睨《にら》みつけて。

「いや……です……」

「あ?」

クロエは叫んだ。

「私は、帰りません!!」

生まれて初めて、クロエはリリーに対し反抗することを選んだ。今まで一度も逆らったことのなかったクロエの反抗に、リリーは一瞬呆気《あっけ》に取られていたが、すぐに顔を怒りに染める。

「私に逆らうなんて、いい度胸してるじゃない」

リリーが手を上げた瞬間、扉の側で控えていた二人の男がやってくる。

「クロエを拘束しなさい。すぐにシャダフに向けて出発するわよ」

「はっ」

「承知しました」

二人の男はリリーの命令に従いクロエを拘束しにかかる。

「いやっ……離して……!!」

男二人の腕から必死に逃げようとするも、圧倒的な力の差に為す術《すべ》もない。

「ふふふ、無駄無駄！　これでアンタの逃亡生活はおしまい！　あははっ……あっはははははははあははははははははは!!」

足搔《あが》き、抵抗するクロエを見てリリーは愉快そうに高笑いをする。

「せっかく王都まで逃げてきたのに連れ戻されるなんて、嫌よねえ？　悔しいよねえ？　でも、元はといえば全部アンタが悪いんだからね？」

口元を歪《ゆが》ませ、高圧的な笑顔でリリーは言う。

「恨むなら、呪われて生まれた自分の運命を恨みなさい！　家に帰ったら幽閉して、逆らおうなんて気が二度と起きなくなるくらい痛めつけてあげるわ！」

「絶対にっ……いやっ……このっ……」

「いでっ！　こいつ、嚙《か》みやがった！」

「こら！　大人しくしろ！」

圧倒的な力で押さえつけられる中で、クロエはできる限り抵抗した。

（あんな地獄に連れ戻されるのだけは、絶対に……嫌だ……!!）

それに……。

（まだ、ロイドさんに伝えてない……）

大好きな人の顔が、頭に浮かぶ。

（好きって……伝えて、ない……!!）

神にも祈る気持ちで、クロエは叫んだ。

「助けて……ロイドさん……!!」

その時だった。

「クロエ!!」

ドタドタバタンッと大きな音と共に、第三者が部屋に飛び込んできた。

「ロイドさん……!!」

クロエが今、頭に思い浮かべた人物がそこにいた。

◇◇◇

突如として飛び込んできたロイドの存在によって、部屋は静寂に包まれた。リリーは、ロイドの凛々《りり》しく文句のつけようのない美丈夫ぷりに侵入者ということも忘れて見惚《みほ》れてしまっていた。

（ロイドさん……来てくれた……）

クロエは思わず目尻に涙を浮かべた。

ロイドはいつも、クロエが助けを求めている時に来てくれる。

今回も絶体絶命のタイミングで駆けつけてくれて、胸が張り裂けそうな思いだった。

当のロイドは汗だくだった。

露店エリアから全速力で走ってきたからか、クロエの身を案じた焦りからか、おそらく後者だろう。

殴られ、蹴られ、ボロボロになったクロエの姿を見た瞬間、ロイドの表情が怒りに染まった。

「お前らか？　クロエをこんな目に遭わせたのは？」

圧の籠《こ》もった低い声に、クロエ以外の三人がたじろぐ。

「答えろ!!」

部屋がビリビリと震えるような怒りに、リリーたちはびくりと肩を震わせた。

ロイドは今、騎士団の制服を着ている。見かけからしてただの平民ではないことはわかったし、体格と佇《たたず》まいから強者の空気をリリーは感じ取っていた。

だからといってここで怖気《おじけ》付くわけにはいかないと、貴族の矜持《きょうじ》を奮い立たせリリーは口を開く。

「突然侵入してきて命令するなんて、無礼にもほどがありませんか？　ここは私、アルデンヌ辺境伯の一女、リリーが借りている部屋よ！　貴方《あなた》は一体、誰なんですか？」

「ローズ王国第一騎士団所属、ロイド・スチュアートだ」

「第一、騎士団……⁉」

ロイドの返答に、リリーは目を見開く。

ローズ王国の最高戦力、選《え》りすぐりの騎士たちが集う騎士団。

今回、リリーを王都に招待したギムル侯爵家の長男、ルークも入団した組織だ。

予想外の返答に次の語を発せられないリリーに、ロイドは続ける。

「急に押し入ったことに対しては詫《わ》びよう。経緯としては、クロエの叫び声が聞こえ、非常事態と判断し立ち入らせてもらった。国民の身の安全を護る騎士として、当然の行いだ。そして……」

見るからに暴行を受けた後のクロエに視線を向けて、ロイドは言う。

「私の判断は間違っていなかったように見える」

ロイドの言葉に、リリーは息を詰まらせる。暴行をしていたという事実を、公的な機関である第一騎士団の者に見られたという事実は、さすがにまずいと思ったのだろう。

「今すぐ、クロエを離せ。この場にいる全員、暴行と監禁の現行犯で連行する」

ロイドが言い放つと、リリーの表情が強張る。

連行はまずいと、リリーは言い訳を言葉にした。

「お言葉ですが、勘違いでは？　クロエは私の妹です。姉妹喧嘩《げんか》くらい、よくあるでしょう？」

「姉妹喧嘩にしては、君が無傷で、クロエを取り押さえているのは二人の男というのはおかしくないか？」

ロイドが突くと、男二人は気まずそうに目を逸らす。

リリーがチッと舌打ちをすると、クロエが声を張り上げた。

「嘘《うそ》です!!　ロイドさん、この人は私を一方的に……」

「黙れ！」

パンッと、リリーはクロエの頬を叩《たた》いた。

「あうっ……」

「クロエ！」

ロイドの声で、ハッとするリリー。

「暴行の現行犯だな。今度は言い逃れできんぞ、この目で見たからな」

怒りの形相のロイドの言葉に、リリーは忌々しげに表情を歪める。

「あなた、さっきからしつこくてよ？　家族の問題に口を出さないでくれませんか？　大体、貴方は一体クロエのなんなんですか？」

「俺はクロエの婚約者だ」

「はい？」

「えっ……」

リリーとクロエが素っ頓狂な声を上げるのは同時だった。

「はっ？　婚約者？　クロエに？　貴方が？　そんな出まかせ……」

「嘘だと思うなら、役所でもなんでも行って確認するといい」

真面目な表情で言うロイドからは、嘘やハッタリをかましている気配が微塵《みじん》も感じられない。

「クロエ、本当なの？」

恐る恐るリリーが尋ねる。

もちろんクロエには、ロイドと婚約を交わした記憶なんてない。

（でも、ロイドさんのことだから、何か意図があるに違いない……）

少なくとも、自分を助けようとしての発言だとはわかる。

なのでクロエは、ロイドの言葉に乗ることにした。

こくりとクロエは頷いて言う。

「はい……私は、ロイドさんの、婚約者です」

言葉にすると、みるみるうちに顔が赤くなっていった。

殴られて腫れた箇所とは別に熱を感じる。

一方のリリーは絶句していた。今まで見下し馬鹿にしていた妹が、自分の憧れである第一騎士団の誰もが振り向くような美丈夫と婚約していた。

その事実は、リリーのプライドをひどく刺激した。

「クロエは俺の、法律上でも妻となる女性だ。つまりお前は、俺の身内に暴行を加えていることになる。連行する理由にこれ以上の事実が必要か？」

ロイドの毅然《きぜん》とした物言いに、リリーは押し黙ってしまう。クロエを取り押さえていた二人も、風向きが悪い方に変化している気配を察して戸惑いを表情に浮かべ始めた。

「どいつも、こいつも……」

ギリッと、リリーが歯を鳴らす。

もはや、残された手段は一つしか浮かばなかった。

リリーがポケットから小さな笛を取り出し思い切り吹く。

頭がキンとなるような高い音がしたかと思うと、ドタバタと男たちが部屋に入ってきた。

ざっと見で八人。皆一様に屈強な体つきをしており、全員が腰に剣を装備している。

男たちは人数の利を活かして、たちまちのうちにロイドを取り囲んでしまった。

「この者たちは？」

「私の護衛よ。シャダフから王都までの道中で盗賊に襲われる可能性もあるからって、お母様がたくさんつけてくれたの。おかげで助かったわ」

「口封じでもするつもりか？」

「さすが騎士様、察しがいいわね」

にこりと笑うリリーに、護衛の一人がおずおずと口を開く。

「リリー様、いいんですか？」

「何がよ」

「相手は王都直属の騎士のようなので、危害を加えるのはさすがにまずいと思うのですが……」

「構わないわ。始末してしまえば、何も起こってないも同然だもの」

「しかし……」

「黙りなさい！　お前たちは私の護衛でしょう？　つべこべ言わずに従いなさい！」

リリーの叱責に、護衛は表情を強張《こわば》らせる。やがて、諦めたように押し黙った。

「正気の沙汰とは思えんな」

一連のやりとりを聞いていたロイドが険しい顔で言う。

「うるさい！　アンタさえ来なければ、こんなことにはならなかった！　全部全部、アンタのせいよ！」

顔を真っ赤にし、唾を飛ばしながら無茶苦茶な理論を振りかざすリリー。

怒りと焦りで、彼女の思考回路はすでに正常ではなかった。

（いくら第一騎士団の騎士とはいえ、この人数を相手に勝てるわけがないわ……!!）

ニヤリと、リリーは口角を持ち上げる。

男たちは皆、シャダフの国境を守る私兵から選別された選《え》りすぐりだ。

万が一にも負けることはないだろう。

「悪いことは言わない。やめておけ」

「ふん！　たった一人で何ができるというのよ！」

勝ち誇った笑みを浮かべ、リリーは男たちに指示を飛ばす。

「やってしまいなさい！」

うおおおおお!!!!

血気盛んな男たちは、一斉にロイドに襲いかかった。

「忠告はしたからな」

ロイドは短く言って、腰の剣に手をかけた。勝負はすぐにつくと、リリーは高を括《くく》っていた。

しかし、彼女は見誤っていた。第一騎士団に所属する騎士の力を。

それも、〝漆黒の死神〟の異名で知られる、ロイド・スチュートの戦闘力の高さを。


——それは、一瞬の出来事だった。


「なっ……⁉」

「消えた……⁉」

男たちの驚きの声を上げる。ロイドの姿を視界から見失ったかと思うと。

「いっ……⁉」

「ぐあっ……⁉」

次の瞬間には、三人の男が悲鳴をあげて床に倒れ伏した。

「なっ……⁉」

「はやっ……」

仲間がやられたことに気づき慌てて剣を抜こうとする男たちだったが。

「遅い」

男たちが剣を抜き終わるよりも前に、ロイドは全ての動きを完了させていた。

人数分の悲鳴と、床に倒れる音がスイートルームに反響する。

キン、とロイドが剣を鞘《さや》に収めた頃には、立っている男は誰一人としていなかった。

「…………………は？」

あまりの光景に、リリーは絶句した。

「うぅ……痛《いて》え……痛えよ……」

「か、感覚がねえ……誰か……医者を呼んでくれっ……」

床に倒れ伏し、男たちは皆一様に両足を押さえている。

一体何が起こったのか、リリーの頭は追いついていない。いや、頭が理解を拒んでいた。

「す、ごい……」

クロエだけは、理解した。

ロイドが目にも留《と》まらぬ速さで抜剣し、八人の男たち全員の両足を斬り抜き戦闘不能にしたのだ。

「まだやるか？」

ぎろりと、ロイドが睨みを利《き》かせて言う。

クロエを拘束していた男二人は手を上げて、降参のポーズをとった。

「ロイドさん……!!」

自由になったクロエが、リリーの脇を抜けてロイドに走り寄る。

「おっと」

ロイドの胸にクロエが飛び込んだその時だった。

「そこまでだ!!」

ドタドタと、騎士服に身を包んだ男が数名、スイートルームに駆け込んできた。

先頭にはフレディ、後に第一騎士団の同僚が数名続く。

その中の一人に……。

「ルーク様‼」

リリーが、暗闇の中で光明を得たりと言わんばかりに表情を明るくする。

「なっ⁉　君は、リリー嬢⁉」

「そうです！　リリーでございます！」

ダッとリリーはルークの下に走り寄る。

「ルーク様、助けてくださいませ！　そこの騎士が私に無礼を……」

ロイドを指差し、リリーは猫撫《ねこな》で声で言う。

一旦、ルークは部屋全体を見渡した。ボロボロになったクロエを守るように抱く、無傷のロイド。

床で呻く男たちに、ひどく焦った様子のリリー。

そして自分は、『ロイドとクロエを助けてほしい』という通報を受けてここに立っている。

瞬時にルークは、状況を察した。

「リリー嬢……もしかして君は、そのお方に危害を加えようとしたのか？」

「えっ……？　えっと、その……」

「大馬鹿者‼」

パンッと、ルークがリリーの頬を打った。

「痛っ……!!　い、いきなり何をするのですか⁉」

「それはこちらのセリフだ！」

頰を押さえ涙ぐむリリーにルークは声を荒げる。

「そのお方は第一騎士団最強の騎士にして我が師匠、ロイド様だぞ!!　ロイド様に敵意を向けただなんて何を考えている！　前々から頭の弱い奴だとは思っていたが、ここまでとは思わなかった！心底見損なったよ！」

入団式の日に大敗を喫して以降、ルークはロイド直属の部下となった。

以降、鬼教官も背筋が凍るような特訓を受けたルークは、ロイドを心から崇める忠実な弟子、いや、もはや信者に変貌を遂げていた。

「そん、な……」

最後の希望も絶たれてしまって、リリーはへなへなと床にへたり込んだ。

「はいはーい、状況を整理させてほしいんだけど」

ぱんぱんと、フレディが手を叩いてから言う。

「とりあえずロイドに訊くんだけど、クロエちゃんはリリー嬢に誘拐されて、暴行を受けていた、という認識であってる？」

「あってます、副団長」

「うん、じゃあ立派な暴行だね。とりあえず、リリー嬢は連行させてもらうよ。たとえ家族間でも、暴行は許されない」

「は、はあ!?　何を証拠に暴行なんて……」

この期に及んで言い逃れをするリリーに、フレディが冷たく言う
「ロイドはうちの可愛い部下で、付き合いも長くてね。クロエちゃんに暴力を振るうなんて、万が一にもあり得ないんだよ。じゃあ今この場で、誰がクロエちゃんをこんなになるまで暴力を振るったのか……」

温度の低い、静かな怒りを灯した目をリリーに向けてフレディは言った。

「君以外に誰がいるって言うの？」

「くっ……」

もはや全ての逃げ道を塞がれてしまったリリーは、もはや悔しさに震えるしかない。

「そこで突っ立ってる二人も、その辺に倒れている人たちも纏めて連行ね。はい、仕事にかかる！」

フレディが指示を出すと、同僚たちは一斉に動きリリーたちを拘束しにかかる。

「くっ、離して！　騎士ごときが！　辺境伯令嬢の私にそんなことしていいと思ってるの!?」

「貴族の悪いところが出てるね。僕も爵位持ちだから、その手段は効かないよ」

「チッ……そもそも、このくらいのことで騒ぎ過ぎなのよ！　シャダフだとこれくらい普通だから！　おかしいのはアンタたちの方よ！」

「辺境の特別ルールなんて知らないよ。ここは王都だから、王都のルールに従うのは普通だろう？」

「いや！　離して!!　離しなさい!!　離せえええええええぇぇぇえええぇぇぇ……!!」

最後まで悪足掻《わるあが》きを見せていたが、騎士たちに捕縛されてリリーは連れていかれた。

彼女の耳障りな悲鳴だけが、余韻となって後に残されたのだった。

◇◇◇

リリーの護衛の男たちも拘束されていった後。

「いやー、派手にやったね、ロイド」

「まずは謝罪します。大変申し訳ございませんでした」

「謝らなくていい、俺は正しい判断だったと思う。実際に、クロエちゃんは暴行を受けていたわけだし。なんにせよ、取り返しのつかないことにならなくて良かった」

「寛大なお言葉、痛み入ります」

深々と、ロイドはフレディに頭を下げた。

「それにしても、急だったからびっくりしたよ。イアン君だっけ？　ロイドが危機だから助けてくれって駆け込んできて、何事かと思った」

「迅速に駆けつけていただきありがとうございました。俺一人だと、事態を丸く収めることができなかったと思うので」

「まあ、俺を呼んだのは英断だったと思うよ。辺境伯はそれなりに地位のある立場だからね、ロイド一人だとやりづらいだろうし。それにあの高圧的な調子だと、憲兵隊だと役不足だったかもしれないからね」

言った後、フレディはクロエに視線を向ける。

「クロエちゃん、大丈夫かい？　随分とひどくやられたみたいだけど」

「あっ、はい……大丈夫です。このくらい、実家にいた時は日常茶飯事だったので」

「日常茶飯事だったって……やっぱクロエちゃんも、色々と訳アリだったみたいだねー」

苦笑を浮かべてから、フレディは言う。

「何はともあれ、事情聴取だね。クロエちゃんはその前に治療を受けないとだけど。下で待ってるから、落ち着いたら来てくれ」

「了解しました」

その言葉を最後に、フレディも部屋を立ち去る。おそらく、気を使ってくれたのだろう。

二人きりになった途端、クロエの力がふっと抜けた。

「っと……大丈夫か？」

倒れそうになったクロエを、ロイドがそっと抱き締める。

「ご、ごめんなさい……ちょっと、力が抜けてしまいまして」

「気にするな、無理もない」

家族に見つかり、暴行を受けて、実家に連れ戻されそうになった。

クロエの生い立ちを知っている今だから、わかる。

本当に、怖かったんだろうと。

クロエの背中に腕を回すロイド。クロエも、ロイドに縋《すが》り付くように腕を伸ばした。

「助けが遅くなって、すまない。もっと早く来ていれば……クロエがこうして傷を負うことは……」

「そんな、充分ですよ……」

ロイドの腕の中で、クロエが頭を振る。

「本当に、充分です。助けに来てくれて、ありがとうございました」

湿った声に、ロイドの胸にようやく安堵《あんど》が舞い降りる。

「無事で、何よりだ」

ロイドはそう言って、クロエの頭をぽんぽんと叩いた。

すると、クロエが腕に力を込めてくる
「あの、すみません……もう少し、このまま……ぎゅっと、していてほしいです」

そんな控えめな願いに、ロイドは口元に小さく笑みを浮かべて。

「言ったはずだ」

抱き締める腕に力を込めて、ロイドは言った。

「俺の腕ぐらい、いくらでも貸してやると」

クロエの気が済むまで、ロイドはずっと抱き締め続けた。

◇◇◇

「……なんとか間に合ったようで、よかった」

騎士団のメンバーに拘束され、リベリオンホテルから次々と出てくる者たちを見届けるイアン。ほどなくして出てきた騎士団の副団長フレディに尋ねたところ、ロイドもクロエも無事だとのことでイアンはようやく安堵の息をついた。

「ロイドとクロエちゃんもそのうち出てくるだろうから、ここで待っているといい」

そう言った後、フレディは「情報提供、感謝する。とても助かったよ」と騎士の礼をして立ち去っていった。フレディの言った通り二人が出てくるまで待つことも考えたが、イアンは頭を振ってホテルに背を向けた。今、クロエに会うのはなんとなく気が引けた。二人の再会の時間を邪魔するのも悪いという気持ちもあるが、単純にクロエを前にすると平静が保てないような気がしたから。

「諦めたつもり、だったんだけどな……」

ぽつりと、呟く。先刻、クロエが攫われたと聞いた際、胸に強い痛みが走った。クロエを友人としか見ていなかったら生じないほどの、凄まじい痛みだった。

そこでイアンは確信した。

（まだ僕は……クロエさんのことを……）

しかし同時に、思い出す。先ほど、血相を変えてクロエを捜していた騎士——ロイドのことを。

——その者たちがクロエと一緒にどこに行ったか知らないか⁉

すぐに、分かった。ロイドは、クロエを心の底から心配しているのだと、そして自分と同じようにクロエに想いを抱いているのだろうと。

そんなロイドに対する、クロエの想いもイアンは知っている。

——カッコいいだけじゃないんです。強くて、いつも冷静で毅然としてて、ちょっと無愛想で不器用なところもあるんですが、そんなところも可愛いんです。あと、なんといってもとっても優しいんです！　王都に初めて来て、右も左もわからない私を雇ってくださったり、それから……

クロエが以前口にしていた言葉を思い出して、また胸に痛みが走る。
先ほどとは違う種類の痛みだった。
第一騎士団所属の騎士、ロイド。
あらゆる面において、自分なんかとてもじゃないけど敵う相手ではない。だけど。
「それでも……僕は……」
ぎゅっと胸を摑む。再び自覚した気持ちを、捉えて離さないように。
どこか決意を込めた瞳のまま、イアンは帰路に着くのであった。

✦エピローグ

「すっかり遅くなっちゃいましたね」

事情聴取が終わって解放されたのは、すっかり深夜の時間帯。

月明かりに照らされた帰り道を、クロエはロイドと一緒に歩く。

「何はともあれ、お咎《とが》めなしで良かった」

「それは本当にそうですね」

二人揃《そろ》って、安堵《あんど》の息をつく。

結果的に今回の一件に関してはロイドとクロエの主張が全面的に認められ、無罪放免となった。

一方のリリーはクロエを監禁し暴行したことに加え、護衛を使ってロイドを始末しようとした件も罪に問われることとなったとフレディから聞かされた。現時点でどのような処罰が下されるかはわからないが、多額の懲罰金に加えしばらくの間は牢《ろう》生活とのこと。

どんなかたちになるにせよ、家名に傷がつくことは免れないだろう。

「でも、ごめんなさい。私のことで、ご迷惑をおかけしそうでして……」

「気にしないでいい。仕方のない流れだったからな」

今回の一件の事情を説明するにあたって、クロエの出自を明かさざるを得なくなった。

それによって、辺境伯の次女が家出をして王都に辿《たど》り着き、第一騎士団のロイドの家で家政婦をしていた、という事実が明るみになる。

この件に関しては一旦上に持ち帰り、どうするか判断を練るというかたちになった。

「とはいえ、悪いようにはならないだろう。クロエは、ローズ王国では立派な大人として見られる年齢だ。そもそも、クロエが家出をした事情が事情なのだから、実家に強制送還される、なんて措置は下されまい」

「それは確かに、そうなのですが……もし、私のせいでロイドさんが罰を受けるようなことがあったら、私……」

「それこそ、気にするな」

クロエの背中に優しく触れて、ロイドは言う。

「クロエを家に匿《かくま》おうと決めたのも、家政婦をしてもらおうと提案したのも、詳しい事情を聞こうとしなかったのも、全て俺の判断によるものだ。だから、クロエが気にすることは何もない」

「……もう、本当に、ロイドさんはいつも……」

(なんでそんなに、優しいのでしょう……)

ロイドの一番好きと言っても過言ではない部分に、クロエの胸が温かくなる。

「いつも、どうした？」

「な、なんでもありません」

なんとなく口にするのが恥ずかしくて、クロエは話題の舵《かじ》を切った。

「そういえば、ロイドさん……あの、婚約の話って……」

「ああ、ブラフだ。特にそういった手続きはしていない」

「で、ですよね……」

ホッとした気持ちと、ちょっと残念な気持ちが混ざり合って妙な気持ちになるクロエ。

「そういう大切な事柄を、俺の一存だけで決めるのは違うからな」

「それは確かに、そうですね」

「なんにせよ、勉強が役に立ったようで何よりだ」

「勉強、ですか？」

首を傾げるクロエに、ロイドは言う。

「昨日、クロエから過去の話を聞いて、実家の連中が探しに来る可能性もゼロではないと考えた。その万が一の状況に備えて、俺がクロエを守れるような予防線を何か張れないかと、王城の書庫で勉強をしたんだ」

「い、いつの間にそんな事を……!?」

「騎士は常に、最悪の事態を常に想定して動く。行動は早いほうが良い。だから今朝、勉強した」

「なるほど……だから今日、ちょっと出るのが早かったのですね」

「付け焼き刃の知識だったがな。結婚しているとなると、指輪の有無を突かれると痛いから、一段下の婚約関係を使わせてもらった。良い方向に転がってくれて、助かった」

満足げに頷《うなず》くロイドの傍らで、自分のことをそこまで考えてくれていたのかと、クロエは胸がいっぱいになった。

（ああ、もう、やっぱり……）

ぴたりと、クロエが足を止める。

一歩先で、ロイドも立ち止まって振り向く。

「どうした？」

「私、ロイドさんのことが好きです」

その言葉を、クロエは口にした。

「さっき、実家に連れ戻されそうになった時、私、すっごく後悔しました。このままロイドさんに会えなかったら……この気持ちは、一生伝えられないのかなって。そう考えたら、本当に悲しくて、辛くて……」

すらすらと、水が流れ出るように言葉が出てくる。

「好きです、大好きです。ロイドさんと一緒にいると、声を聞くと、頭を撫《な》でてくれると、ぎゅっと抱き締めてくれると、顔が熱くなって、胸がドキドキして、もう、どうしようもない気持ちになるんです、本当に、大好きで大好きなんです」

顔が熱い。心音がばくばくとうるさいくらい高鳴っている。

それでも、ロイドに対する想いが溢《あふ》れて止まらなかった。

「一人の時も、ずっとロイドさんのことを考えているんです。今頃訓練で忙しいのかなとか、今日はいつ帰ってくるかなとか、今日の晩ご飯、なんだと喜ぶかなって。ずっとずっと、考えてるんです。

これからも、ずっと一緒にいたいです、離れたくない、です……大好きなんです」

自分の思いの丈をそのまま言葉にしてから、クロエは尋ねる。

「ロイドさんは、どう……なんでしょう？」

しばらく、間があった。

ロイドは口に手を当てて、何やら深く考え込んでいるように見えた。

しかしやがて、意を結したようにクロエを見つめて。

「俺も、クロエが好きだ」

はっきりと、ロイドも自分の気持ちを言葉にした。

「クロエのように、どこかどう好きで、どれくらい好きだとか、そういったものを言葉にするのは、難しい。だが、はっきりとわかる。俺はクロエと一緒にいたい。クロエのいない生活が考えられない。きっとこれが、好きという気持ちなんだと、思う」

ロイドも顔を赤く染めながら言う。

今まで息切れしたところなんて見たことのなかったロイドの息が、浅くなっていた。

「これが俺の、気持ちだ……」

ぎこちない口調でロイドが締めくくる。

すると、クロエの双眸《そうぼう》がじわりと滲《にじ》んだ。

「う……うえ……」

「うお!? どうした？」

突然ボロボロと涙を流し始めたクロエに、わかりやすく狼狽《ろうばい》するロイド。

「大丈夫か？　今日、受けた傷が痛み出したとか……」

「ちがっ……違うんです……」

溢れ出る涙を必死に拭いながら、クロエは言葉を落とす。

「うれしく……て……」

「……っ」

衝動的に、ロイドはクロエを抱き締めた。

小さな身体を包み込むように抱いて、ロイドは言う。

「すまない……本来なら、俺の方から言うべきだった」

申し訳なさそうに、ロイドは言う。

「ずっと前から、自分の気持ちには気づいていた。ただ、怖かっただけだ。俺は、人に好かれるような人間じゃない、人を好きになる資格はない……そんな思い込みが、ずっと心の奥底にあって……言い出せなかった……」

どこか悲痛げな声に、はっとするクロエ。

見上げると、ロイドの表情が苦悶《くもん》に染まっていた。

「その思い込みは……ロイドさんの例の過去に、関わっているのですか？」

「……ああ」

こくりと、ロイドが頷く。

「そう、ですか……」

ロイドの背中に回した両腕に力を込めて、クロエは優しい声で言った。

「大丈夫ですよ。こうして、ちゃんと言えたんですから」

「そう、だな……」

「いつか、話せる時に、その過去を聞かせてください。私はずっと、待っていますから」

「ああ、必ず……」

それからしばらくして、抱き締めあって。

自然な流れで身体を離してから、クロエは言う。

「なんだか、照れ臭いですね」

「俺も、なんだか顔が熱い……」

「ふふっ、私もです。心臓も、すっごくドキドキしてます」

クロエが笑うと、ロイドもつられて笑う。

お互いに気持ちが通じ合い、二人の絆《きずな》はより深いところで繋《つな》がっていた。

「帰りますか、私たちの家に」

「そうだな」

ロイドが手を差し出す。何も言わず、クロエはその手を取った。

「ふふっ、こうして手を繋ぐのは、初めてですね」

「そういえば、そうだった」

「これからたくさん、〝初めて〟を作っていきましょう」

「ああ、楽しみだ」

そうして、二人は歩き出す。

夜空に浮かぶ大きな月が、二人をいつまでも見守っていた。

クロエ・アルデンヌ。元辺境伯令嬢。

今は王都で、大好きな人と暮らしている。

あとがき

ページ数の関係で一巻の時はあとがきが無かったのですが、二巻の時はありがたい事にあとがきの場を頂ける事になりました。

と言っても、別に私にはこの場をお借りして読者の皆様に伝えたい主義主張があるわけでも、今日から試すだけで劇的に健康が改善される的なお得情報を持っているわけでもありません。

いつも通り「あとがきって、何書けばええのん……」と、頭を抱えている次第でございます。

池袋《いけぶくろ》駅東口の喫茶店ルノアールで、ブラックコーヒーといちごのショートケーキを前にうんうん唸《うな》っている哺乳類がいたら私ですので、そっと応援いただけますと幸いです。

……という感じで、とりあえず取り止めのない言葉であとがきを埋めようと試みたのですが、全く埋まる気配がありませんね。

上昇中の飛行機の窓から見える光景の如く、未だ白の面積が多い原稿用紙を前に、あとがき提出の締め切りタイムリミットが刻一刻と迫るばかりでございます。焦る。

ソシャゲで適当に名前をつけるかのように、「あとがきを全部『あ』で埋めたらどうなるんだろう……」という興味と怠惰がもたげたりもしますが、税込千円以上という決して安くないお金と皆様の貴重なお時間をいただいている以上、そのような暴挙に打って出るわけにもいけません。

しっかりと、『迫害令嬢二巻《はくがいれいじょう》』にふさわしい、読み応え抜群で面白く、心の底から感動の波が押し寄せ全身が震えるようなあとがきを披露させていただきたく存じ……あ、石投げないでくださいごめんなさい調子乗りました許してください。

というわけで、改めましてこんちゃす！　青季ふゆです！

はじめましての方も、お久しぶりの方も、お会いすることができて嬉《うれ》しい限りです。

前述した通り、この『迫害令嬢』に関しては二巻が初めてのあとがきなのですが、実は『二巻を出すこと』自体、私の人生において初めての経験だったりします。

前提として作家という職業には、自作が重版したり漫画になったりアニメになったりと、数々のステップがあると私は考えていて、『二巻』はその中でも最初の一歩だと思っています。

今までなかなか二巻を出す機会に恵まれなかったのですが、今回の迫害令嬢で担当さんから二巻の原稿を書いていい旨の連絡を頂きました。ようやく一歩を踏み出せたと頭の中でラッパ隊がファンファーレを奏でた事を今でも鮮明に思い出せます。

そのテンションと勢いに任せて、次々と浮かぶクロエとロイドの物語をガガガッと書き切ったものが今回の二巻となりますが、楽しんでいただけたでしょうか？

ロイドとルークがバチバチしたり、イアンがクロエに仄《ほの》かな恋心を抱いたり、リリーが王都にやってきてあわや大ピンチと、山あり谷ありな内容だったと思いますが、少しでも面白いと思って頂けたのでしたら、池袋駅東口の喫茶店ルノアールで腱鞘炎《けんしょうえん》一歩手前になるまで夜な夜なタイピングをした甲斐《かい》があったというものです。

個人的には自分の過去を明かしたクロエが、ロイドに受け入れてもらえて大泣きするシーンが一番好きですね。私の書く作品はほぼ全てと言っていいほどキャラクターが泣くシーンがあるのですが、『涙』というものはやはり人がありのままになる瞬間には欠かせない、美しさの象徴めいた感じがしてとても大好きです。

これからも、たくさんのキャラクターを泣かせていきたいです！（語弊）

きっとコミックになった時は超大映えするシーン間違いなしですよ。

そうです、そうなんです、コミカライズ企画も進行中なのです！

配信や単行本化した際には是非是非チェックしてみてください。

漫画になったクロエちゃんも超可愛らしいですよ、絶対！

という感じでサラッと宣伝も入れていたらページ数も残りわずかになってきましたので、恒例の謝辞を。

担当Fさん、一巻から引き続きどうもありがとうございます。

Fさんの鋭く忌憚《きたん》のないご指摘のおかげで、初稿からグッと面白い原稿に仕上がりました。

イラストレーターの有谷実《ありたにみのり》先生、可愛らしく繊細なタッチでキャラクターたちに命を吹き込んでいただき感謝感激でございます。二巻の表紙のクロエちゃんの表情、本当に大好きです。

本作を執筆するにあたって惜しみないアドバイスをくださったKさんを始めとする友人たち、遠い田舎の地から見守ってくれている両親、ウェブ版で惜しみない応援をくださった読者の皆様、本書の出版にあたって関わってくださった全ての皆様に感謝を。

本当にありがとうございました！

それではまた、三巻で皆様とお会いできる事を祈って。

青季《あおき》ふゆ

DRE NOVELS

ド田舎の迫害令嬢は王都のエリート騎士に溺愛される 2

2023年4月10日　初版第一刷発行

著者　青季ふゆ

発行者　宮崎誠司

発行所　株式会社ドリコム
〒141-6019　東京都品川区大崎2-1-1
TEL　050-3101-9968

発売元　株式会社星雲社（共同出版社・流通責任出版社）
〒112-0005　東京都文京区水道1-3-30
TEL　03-3868-3275

担当編集　藤原大樹

装丁　AFTERGLOW

印刷所　図書印刷株式会社

Printed in Japan
ISBN978-4-434-31839-9

ファンレター、作品のご感想をお待ちしております。

右のQRコードから専用フォームにアクセスし、作品と宛先を入力の上、コメントをお寄せ下さい。
※アクセスの際に発生する通信費等はご負担ください。